Pasión
despiadada

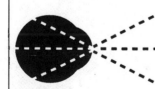

This Large Print Book carries the
Seal of Approval of N.A.V.H.

Pasión despiadada

Robin Donald

Thorndike Press • Waterville, Maine

Published in 2003 by arrangement with Harlequin Books S.A.
Publicado en 2003 en cooperación con Harlequin Books S.A.

Thorndike Press® Large Print Spanish.
Thorndike Press® La Impresión grande española.

The tree indicium is a trademark of Thorndike Press.
El símbolo del árbol es una marca registrada de Thorndike Press.

The text of this Large Print edition is unabridged.
El texto de ésta edición de La Impresión Grande está inabreviado.

Other aspects of the book may vary from the original edition.
Otros aspectros de éste libro podrían variar de la edición original.

Set in 16 pt. Plantin.
Impreso en 16 pt. Plantin.

Printed in the United States on permanent paper.
Impreso en los Estados Unidos en papel permanente.

Library of Congress Cataloging-in-Publication Data

Donald, Robyn.
    [Ruthless passion. Spanish]
    Pasión despiadada / Robyn Donald.
       p. cm.
    ISBN 0-7862-5998-1 (lg. print : hc : alk. paper)
    1. Large type books.   I. Title.
  PR6054.O4594R87 2003
   823´.914—dc22   2003058710

Pasión despiadada

Prólogo

NICK esperó en el vestíbulo del hotel hasta que Glen y la señora Courtald salieron de su cita con el abogado. Le disgustaba ocultarse, pero lo que tenía que decirle a Cat era demasiado importante como para arriesgarse a que lo interrumpieran; sobre todo a que lo interrumpiera su madre o su prometido.

Mientras llamaba con los nudillos a la puerta de la suite, notó distraído que tenía el pulso acelerado. Y cuando oyó el «ya va» de aquella voz baja y sensual, sintió como si una bomba de voracidad masculina le hubiese explotado en las entrañas.

La puerta se abrió. Los azules ojos de Cat se agrandaron, un ligero rubor cubrió su exquisita piel. Apretó con los dedos el velo que se estaba probando: corto y fantasioso, como correspondía a una novia de dieciocho años.

–Ni… Nick –balbuceó ella–. Qué sorpresa.

–¿Puedo pasar?

Cat vaciló. Luego dio un paso atrás.

–Glen acaba de marcharse. Ha estado aquí con mi madre.

–No he venido a verlos a ellos –dijo él mientras entraba en la suite que Glen había reservado para la chica con la que se casaría al día siguiente; en el mejor hotel de Auckland, como correspondía a la novia de uno de los más prestigiosos publicistas de Nueva Zelanda.

La impersonal opulencia de la pieza debería haber eclipsado a una mujer tan pequeña; pero, a pesar de su juventud y fragilidad, Cat permanecía firme, con aquel absurdo velo sobre su cabello castaño rojizo y, aunque Nick intuía lo contrario, parecía tranquila.

–¿Qué quieres? –preguntó con suavidad.

Nick había tenido sueños eróticos con ese cabello, con aquel cuerpo esbelto, esa boca jugosa, todavía inocente a pesar del compromiso con su amigo. Glen estaba siendo muy cuidadoso con ella y daba la impresión de estar dispuesto a esperar a la noche de bodas para consumar su relación.

Reprimió un amargo aguijonazo de celos que lo sorprendió e irritó al mismo tiempo y preguntó sin rodeos:

–¿Has pensado en lo que implica casarse con Glen?

—Puede que solo tenga dieciocho años —contestó Cat con una fría dignidad que le resultó tan desquiciante como provocativa—, pero no soy estúpida. Sí, sé lo que implica este matrimonio. Veo la televisión, leo periódicos, revistas y libros, voy al cine, hablo con la gente... Y mis padres estuvieron casados —añadió con delicado sarcasmo.

¿Sabría que los de él no? Era posible. Quizá se lo hubiera contado Glen.

—¿Con qué gente has hablado?, ¿con las compañeras del internado en el que terminaste el instituto el año pasado? ¿Qué saben ellas?

—¡Tanto como cualquier chica que crezca en las calles! Una cosa es que tú vengas de un estrato socioeconómico distinto y otra que no nos afecten los mismos problemas —replicó irritada—. Lo... lo siento. No pretendía...

—No importa —interrumpió él—. Sí, es verdad que crecí en la calle; pero te estoy hablando de que vas a ser plato de segunda mesa.

—¡Eso no es verdad! —exclamó encendida Cat—. Sería así si estuviera ocupando el lugar de una antigua esposa. Glen no ha dejado a ninguna mujer por mí.

Nick contuvo su primera y letal respuesta. No tenía sentido hablar de la tragedia de

Morna. Además, técnicamente, Cat tenía razón. Glen no había llegado a pedirle a la mujer que había sido su novia durante los anteriores cinco años que se casara con él.

—Glen querrá que dirijas su casa, que organices cenas y fiestas, que conozcas a sus clientes y seas la perfecta anfitriona. ¿Serás capaz?

—Puedo intentarlo —respondió Cat sin total seguridad—. Mi madre me ayudará.

—Tu madre no está bien.

Una sombra oscureció sus facciones. ¿Hasta qué punto, habría presionado la encantadora señora Courtald a su hija?,se preguntó. No habría sido algo descarado, pero después de enviudar y perder la pensión del difunto marido, la buena mujer habría visto a Glen como la respuesta a todas sus súplicas.

—Está... mejorando —contestó Cat por fin—. Y yo aprendo rápidamente —añadió en tono desafiante.

Estaba decidida a llegar hasta el final. Solo le había ocurrido una vez más hasta entonces, pero Nick sintió como si un ataque de pánico amenazase con descontrolar su cerebro, tan frío e incisivo por lo general.

—¿Por qué te casas con él, Cat? —le preguntó con maldad cuando se hubo calmado—. Si es por dinero...

–¡No es por dinero en absoluto! –atajó indignada ella, alzando la barbilla–. Glen es un hombre atractivo, excitante, amable, considerado y divertido...

–Y tiene veinte años más que tú.

–¿Y? –Cat alzó la barbilla un poco más–. Me gustan los hombres mayores.

–Porque quieres encontrar un padre que reemplace al que acabas de perder –contestó él con crudeza. Estaba llevando la situación fatal, pero no sabía cómo reconducirla–. Pero Glen no ha cumplido aún los cuarenta, no es una figura paternal. Va a querer acostarse contigo, Cat...

–¡No me llames así!

–¿Por qué no? Eres como una gata –dijo Nick, en alusión al significado de *cat*–. Eres dulce y cariñosa cuando todo te va bien, pero también veo la felina feroz que llevas dentro. Glen no lo ve... Él cree que eres dócil, obediente y juguetona. Es un hombre viril, experimentado. ¿Has pensando en lo que será hacer el amor con él?

Cat se quedó pálida. Bajó las pestañas y contestó enojada:

–Voy a hacer todo lo posible por ser una buena esposa para él.

–¿A pesar de que me deseas? –contestó Nick.

Cat bajó la cabeza.

–¡No! –exclamó con fiereza–. Yo quiero a Glen.

–Pero me deseas –repitió Nick al tiempo que posaba una mano bajo la barbilla de Cat.

Ella no pudo evitar mirarlo con ojos voraces y desolados.

–Cancela la boda –añadió él, luchando por contener la implacable pasión que lo instaba a levantarla en brazos, llevarla al dormitorio y reclamarla para sí sobre la cama del modo más primitivo y eficaz–. Cat, no puedes casarte con Glen... Cancela la boda. Yo te ayudaré. Será difícil, pero le haremos frente –dijo con voz firme, profunda y sensual, recurriendo a todas sus mañas para convencerla.

Y estaba a punto de hacerlo. Notaba su tensión, sus ganas de rendirse... pero luego cambió su expresión y contestó:

–¿Y luego qué, Nick?

–Puedo ayudarte –repitió al tiempo que bajaba la mano junto a su propio costado. Y supo, nada más decirlo, que Cat no se conformaría con una promesa tan vaga. Lo cual lo irritó, pues no podía ofrecerle nada más. Quizá Glen estuviera dispuesto a aprovecharse de una chica recién salida del instituto, pero él sabía que Cat no estaba preparada para casarse con nadie... como no lo estaba él para la pasión que endurecía su cuerpo en cuanto la tocaba.

Cat cerró los ojos. Cuando abrió los párpados de nuevo, sus ojos azules lo fulminaron con una suave y gélida mirada.

–No sé qué pasa entre nosotros, pero no puede significar nada, porque no te conozco; hace solo tres días que nos conocemos. A Glen sí que lo conozco y sé que, no solo lo quiero, sino que lo respeto. Nunca lo expondría a tamaña humillación pública por algo que no comprendo y en lo que no confío –Cat lo miró directamente a los ojos–. Debería darte vergüenza sugerírmelo siquiera, siendo su mejor amigo y su protegido.

Incapaz de aguantar la frustración que lo había mantenido en vela las anteriores tres noches, Nick la besó por sorpresa, hasta hacerle abrir la boca. Se embriagó de su esencia dulce y femenina, narcótica, y aunque intentó bajar los brazos, separar la cabeza y echarse atrás, no acertó a moverse, desbordado por aquel peligroso y feroz placer.

Cat no se resistió. Tras unos primeros segundos tensa, acabó cediendo, amoldándose al cuerpo de Nick, invitándolo a que siguiera besándola.

Así que aquello era el paraíso, pensó él a duras penas.

Cuando notó que se ponía tensa y que

13

intentaba apartarse, la dejó marchar. Solo entonces advirtió que alguien estaba llamando a la puerta.

Cat desvió avergonzada la mirada. Se llevó la mano a la boca y se la frotó con fuerza como para borrarse el beso.

–Vete –susurró–. Vete de aquí ahora mismo y no vuelvas nunca. No me casaría contigo aunque fueras el último hombre sobre la faz de la Tierra.

Nick se acercó a estirarle el arrugado velo de novia. Asombrosamente, se mantuvo sereno, a pesar de que jamás en su vida había tenido tantas ganas de hacerlo todo trizas.

–No recuerdo haberte ofrecido que nos casemos. Piensa en este beso cuando estés en la cama con Glen –contestó con agresividad.

Luego se dio la vuelta y se marchó sin mirar siquiera a la camarera del hotel que esperaba en la puerta.

Capítulo 1

Seis años después...

CAT se paró en el transitado cruce y se quedó mirando el edificio de la otra acera. En la pasajera intimidad de una multitud, un hombre captó su mirada.

—Impresiona, ¿verdad? —comentó con jovialidad, para centrar su atención acto seguido en la delicada y redonda cara de Cat—. Ya ha ganado varios premios en Nueva Zelanda, y un par más en el extranjero. Es de Nick Harding... un hombre increíble. Empezó como publicista, se hizo de oro, recibió premios y luego se pasó a la informática y fundó el mayor servidor de Internet de Nueva Zelanda. Según la prensa financiera, está en medio de un acuerdo con el que se va a llenar los bolsillos. ¡Y todo con treinta y pico años!

Treinta y dos, para ser exactos. Cat tragó saliva y asintió con la cabeza. El edificio de enfrente resplandecía, era majestuoso, nada parecido a las viejas oficinas del complejo industrial a las afueras de Auckland que había acogido el negocio de Nick al principio.

En algún rincón de aquel nuevo edificio, quizá tras una de aquellas ventanas, estaría esperándola.

El corazón le latía con fuerza, las palmas le sudaban. Sin contar sus fotografías en los periódicos, hacía dos años que no veía a Nick. ¿Habría cambiado? ¿La encontraría a ella cambiada?

–¿Has venido a hacer turismo? –le preguntó el desconocido.

–No –se limitó a contestar Cat, demasiado tensa para ser amable.

–Ah –murmuró el hombre, sintiéndose desairado–. Pues nada, que tengas un buen día –añadió antes de alejarse y desaparecer con el orgullo herido entre la creciente multitud.

Cat se secó las palmas con un pañuelo. Echó un vistazo fugaz al reloj y vio que aún tenía cinco minutos.

Al mes de su boda con Glen, Nick había renunciado a su trabajo en la agencia de publicidad de aquel, rechazando todo lo que su amigo había hecho por él.

–¿Cómo se puede ser tan desagradecido! –había rezongado Glen–. Lo saqué de la calle, le di la mejor educación de Nueva Zelanda y luego lo mandé al extranjero a la universidad, lo convertí en lo que es... Lo he tratado como si fuera un maldito príncipe... y ahora me traiciona.

Le resultaba imposible imaginarse a Nick, tan alto, guapo y elegante, embutido siempre en ropas caras, viviendo en la calle. Pero todo el mundo se sabía la historia. Sintiéndose aún culpable por cómo había reaccionado al beso de Nick, Cat había respondido:

–¿Cómo lo conociste si vivía en la calle?

–Bueno, tampoco vivía en la calle exactamente. Estaba en una casucha con una chica –había contestado Glen, encogiéndose de hombros–. Un día me abordó al salir de la agencia y me pidió trabajo. Cuando le pregunté que por qué iba a darle un trabajo, me dijo que sabía que yo era el mejor y que tenía intención de ser mejor que yo algún día. Solo tenía catorce años, pero noté que hablaba en serio. Eso me gustó, así que lo mandé a mi antiguo instituto.

Cat, que sabía por experiencia lo crueles que podían ser los adolescentes de un internado caro, preguntó:

–¿Cómo se las arregló?

17

–Con estilo y suficiencia –respondió indiferente Glen–. En menos de una semana tenía a todos comiendo de su mano. Siempre tuvo una confianza desbordante en sus posibilidades, y me bastaron diez minutos para darme cuenta de que era brillante. Trabajó con ahínco y se graduó con honores. Tampoco tardó en destacar en la universidad. Y ahora lo va a echar todo a perder por un estúpido proyecto en Internet. Va a fracasar y se va a hundir con su empresa.

Pero no se había hundido. Nick había hecho oídos sordos a las murmuraciones, a las advertencias de Glen, y había demostrado que, gracias a su esfuerzo y su inteligencia, era capaz de triunfar por sí solo. Y así, al cabo de unos pocos años, se había hecho multimillonario.

Su negocio en el sector de las telecomunicaciones se expandía vertiginosamente y, tal como había escrito un periodista no hacía mucho, parecía dispuesto a conquistar el mundo.

Glen había reconocido su éxito y había terminado readmitiéndolo con los brazos abiertos, para morir pocos meses después en un accidente de tráfico.

Solo entonces había descubierto Cat que había encargado a Nick que se ocupara del seguro de vida en la que ella figuraba como beneficiaria. Aturdida aún por la muerte de su marido, que había ido a añadirse a la de su madre, que había fallecido tan solo un mes antes, había sentido un gran alivio al ver que Nick la trataba con distante cortesía. Aunque su impertinente memoria se empeñaba en recordarle aquellos fogosos instantes tras el entierro, cuando lo que había empezado como un abrazo reconfortante había terminado desatando una pasión desesperada.

Aquel ardiente beso la había hecho huir al extranjero y, desde entonces, solo había estado en contacto con Nick por medio de su representante.

Cuando el semáforo se puso verde para los peatones, Cat apretó los dientes y cruzó la carretera. Aunque no estuviera preparada, había llegado la hora de enfrentarse a Nick Harding. Embutida en un vestido de seda pasado de moda, tragó saliva e intentó tranquilizarse; pero no pudo hacer nada por evitar el revuelo de mariposas de su estómago, las cuales aletearon con más fuerza aún cuando entró en el majestuoso vestíbulo del edificio.

Tensa, Cat se presentó a la recepcionista, la cual, tras mirar con discreción su anillo de casada, contestó:

—El señor Harding la está esperando, señora Courtald. Suba en ascensor hasta la cuarta planta y allí la recibirá su ayudante personal.

La ayudante personal resultó ser una mujer de aspecto intimidante. Tal como le había anunciado la recepcionista, ya estaba junto al ascensor cuando Cat alcanzó el piso indicado.

–El señor Harding la atenderá en seguida –dijo la mujer mientras la acompañaba a una amplia antesala–. ¿Puedo ofrecerle una taza de café mientras espera?

–No, gracias –rehusó Cat.

El café se cultivaba en las colinas de Romit, una isla grande al norte de Australia; un café delicioso y aromático, pero que Cat no podía beber sin recordar un país destrozado por una cruenta guerra civil que había dejado miles de muertos.

Aunque Juana seguía con vida, y era por ella por quien había ido allí.

–Tome asiento –la invitó la ayudante personal–. El señor Harding no tardará –repitió.

Cat se acomodó en una silla, agarró una revista y la hojeó sin registrar una sola palabra. Nick era su último recurso. Los bancos la habían rechazado una y otra vez, negándose a concederle el préstamo que solicitaba con tanta solemnidad como diplomacia... e insultante velocidad.

Intuyó un movimiento que le erizó el vello

de la nuca. Alzó la cabeza.

Como una pantera, sigiloso e intimidante, todo elegancia, Nick entró en la antesala y la observó sin pestañear con aquellos ojos ambarinos. Miró después hacia el dedo sobre el que, impulsada por una oscura necesidad de sentirse protegida, se había puesto el anillo de casada por primera vez desde que se lo quitara hacía un año.

Impelida por la necesidad de establecer cierto equilibrio físico, Cat se levantó. Durante un espantoso segundo, creyó que el suelo se movía bajo sus pies. Nick la sujetó justo cuando ella se agarraba al respaldo de la silla para mantenerse en pie.

–Cuidado –dijo él, agarrándola con fuerza por un antebrazo.

Cat se quedó helada.

Los ojos de Nick se encendieron. Pero sus llamas apenas duraron un instante. Acto seguido, sus labios dibujaron una bonita sonrisa.

¡Dios!, pensó alarmada Cat. Llevaba el recuerdo de Nick grabado en el cerebro, sellado a fuego en el corazón. Nunca había olvidado su voz: esa voz profunda, cálida que, sin embargo, podía resultar gélida si Nick se lo proponía. Una voz que la había perseguido en sueños, atormentándola durante noches interminables.

—Hola, Cat —la saludó él con educada frialdad.

No había cambiado mucho. En todo caso, estaba aún más atractivo. Con aquellos hombros anchos, su estrecha cintura, sus largas piernas, ese cuerpo varonil que irradiaba poder y autoridad... En definitiva, Nick Harding seguía dominando cada habitación a la que entraba, absorbiendo todo su espacio y su aire, lo cual la obligaba a respirar entrecortadamente mientras el corazón resonaba en sus oídos.

Y seguía mirándola con desprecio.

Cat resistió el embate de un fugaz ataque de pánico. ¿Cuántas veces a lo largo de aquellos dos años había soñado con encontrarse con Nick de nuevo?, ¿cuántas lo había imaginado con todo tipo de detalles durante aquellos segundos aletargados entre el sueño y la vigilia, cuando sus defensas estaban bajadas?

Cientos.

Y cuando por fin sucedía, no pudo pensar ni hacer nada, salvo responder con la misma intensidad abrumadora.

Todo seguía igual.

—Hola, Nick —lo saludó con un hilillo de voz, consciente de que su ayudante personal los estaba escudriñando.

—Entra —contestó él antes de echarse a un

lado para que pudiese pasar a su despacho–. Phil, por favor, no quiero interrupciones.

Se adentró en el despacho y miró a su alrededor. La pieza, organizada con estricta precisión, proclamaba en silencio el éxito de Nick: una mesa enorme, un ordenador último modelo, una librería inmensa y unos asientos negros, aparentemente cómodos, junto a una mesa baja. Unos ventanales que iban del suelo al techo daban al puerto de Auckland.

–Bonita vista –comentó Cat para romper el silencio.

–Me alegra que te guste –repuso él con sarcástica cortesía.

Enrabietada consigo misma por haberle dado ocasión de mostrarse mordaz, Cat desvió la vista hacia un cuadro. No se trataba del típico objeto de decoración impersonal, sino que era un óleo original de una mujer desnuda que le daba la espalda al artista. De su rostro no podía verse más que la curva de una mejilla. Lo había pintado un genio que había impregnado aquella sencilla pose de un oscuro y amenazante misterio.

Tenía que ser pura coincidencia el hecho de que el cabello que caía sobre los hombros y la espalda de la modelo tuviese el mismo tono castaño rojizo que el de ella.

También ella lo había llevado así de largo tiempo atrás; pero se lo había cortado.

Nick la miraba con expresión impenetrable.

–Estás preciosa. Como siempre –comentó al tiempo que enarcaba sus negras cejas–. Ese vestido de seda tan azul es perfecto para tus ojos.

A pesar de lo escaso que era su vestuario, Cat había tardado una hora en elegir el vestido. Trató de controlar la violenta mezcla de emociones que la asaltaba antes de responder:

–Y tú sigues siendo tan sutil como siempre. ¿Cómo estás?

–Encantado de verte.

–Ni tú te lo crees –contestó crispada Cat.

La satisfizo apreciar que había desconcertado a Nick, pero el contraataque de este fue tan ágil como brutal:

–¿Y tú?, ¿has disfrutado de la tradicional terapia de viudedad? –preguntó, y Cat lo miró confundida–. Aunque supongo que a la mayoría de las viudas les parecería un poco excesivo tirarse dos años viajando de lujo en lujo por todo el mundo –añadió con una sonrisa insolente.

–¿Qué? –exclamó indignada Cat.

–Ese vestido no te lo has comprado en Auckland, ¿no? –dijo él tras examinar el cuerpo de Cat de arriba abajo.

–No… –reconoció esta. Se lo había comprado Glen en París. Pero antes de dar voz a su respuesta, Nick se adelantó a ella.

–¿Cuándo has vuelto a Nueva Zelanda?

–En febrero.

–¿Qué has estado haciendo desde entonces? –preguntó él, sorprendido.

–Terminar mis estudios de contabilidad.

–¿De veras? –dijo Nick en tono burlón–. ¿Debo felicitar a una recién titulada?

–Si apruebo los exámenes finales.

–Seguro que aprobarás. ¿Quién pondría tu inteligencia en duda? –contestó él con un insulto velado en sus palabras–. Siéntate, Cat.

Esta obedeció y Nick rodeó la enorme mesa de trabajo para tomar asiento.

–Se me hace raro que hayas elegido ser contable –prosiguió él antes de añadir con insolencia–. Aunque quizá no tanto.

–Me gustan los números –dijo Cat–. Te ayudan a saber dónde estás.

–Cierto: son mucho más orientativos que las entrometidas emociones –murmuró Nick–. Y te vendrán de maravilla para seguir la pista a tus finanzas.

La insinuación de que los arribistas necesitaban conocimientos contables la hizo elevar la barbilla. Se obligó a disimular que la había herido y deseó ser veinte centímetros más alta... como su ayudante personal. La estatura impresionaba a las personas que pensaban que las mujeres bajitas y delgadas eran muy femeninas y, por tanto, estúpidas y codiciosas.

–Exacto.

–Bueno, ¿y a qué debo el honor de esta visita? –preguntó Nick con tono indiferente.

No había una manera fácil de decirlo, así que optó por soltarlo a bocajarro:

–Necesito dinero.

–Lógico –contestó él con agresividad. Luego se recostó sobre el respaldo del asiento, alejándose como habían hecho todos los gestores financieros que ya la habían rechazado, pensó enojada Cat–. Como fideicomisario de los bienes de Glen, me aseguré de que recibieras tu pensión anual de viudedad hace cuatro meses. No tienes derecho a más hasta dentro de otros ocho meses.

–Necesito un adelanto.

–¿Cuánto, y por qué? –quiso saber Nick.

–Veinte mil dólares.

No sabía qué había estado esperando: ¿una reacción burlona, rabiosa, disgustada? Sea como fuere, el rostro de Nick permaneció impávido.

–¿Por qué necesitas veinte mil dólares? –preguntó este casi con suavidad.

Cat abrió su bolso y sacó una fotografía. Le tembló la mano mientras la colocaba encima de la mesa:

–Necesita una operación –dijo, apuntando a la niña que aparecía en la foto.

Nick miró asombrado. Pero su sorpresa quedó reemplazada por un oscuro brillo furioso instantes después:

–¿Es tu hija?

–¡No! –exclamó Cat, respirando a duras penas.

Nick examinó la foto con detenimiento antes de volver a preguntar:

–Entonces, ¿quién es?, ¿y qué tiene que ver con que necesites veinte mil dólares?

–Se llama Juana. Está a mi cargo, y ya ves para qué necesito el dinero.

Nick miró la foto una vez más.

–Veo que necesita que la operen; ¿pero qué tiene eso que ver con que me pidas un adelanto de tu pensión? –dijo en tono neutro.

–Tiene fisura palatina –contestó Cat–. Al principio, el médico pensó que bastaría con una operación para corregirle eso y el labio leporino; pero después de llevarla a Australia, comprendieron que iba a necesitar más de una intervención. Fijaron la fecha de la operación para cuando tuviera dos años, pero ha crecido tanto, que ya está lista. De hecho, para que todo salga bien, tienen que ingresarla en menos de dos meses. Y como es de Romit, que no es australiana, hay que pagarle todos los gastos.

Nick se fijó en cómo se movían sus cejas, admiró el artístico temblor de su voz. Para darse tiempo a sofocar la ira que lo consumía, se puso de pie y se acercó a la librería.

Así levantado, desde esa posición de autoridad, se quedó mirando a la mujer que tenía delante. No solía molestarse en poner en práctica aquellas técnicas intimidadoras; no lo necesitaba. Pero con esa mujer sí se veía obligado a usar todos los matices de su voz, a expresarse con cada músculo del cuerpo.

Debía reconocer que tenía agallas. Después de dos años sin cruzar una sola palabra, se presentaba en su despacho tan tranquila, como si tuviese media docena de argumentos válidos para reclamarle ese dinero, y aún no se había echado atrás.

Claro que no había motivo para que una mujer así no tuviese confianza en sí misma.

No era lo que se podría entender por guapa. Cat Courtald, pues había recuperado su apellido de soltera, se había convertido en una mujer intrigante, fascinante, deseable, capaz de doblegar su voluntad y vencer su conciencia... Claro que, pensó burlonamente al recordar los pocos instantes en que se habían tocado, Cat siempre había tenido ese poder sobre él.

Debía de estar relacionado con aquellos ojos azules, tan misteriosos como seductores, con esa piel suave como la seda, esa boca de labios voluptuosos... ¡y eso sin referirse a nada más que su cara! Su cuerpo lo invitaba a olvidar que, bajo aquel envoltorio sensual y delicado, se escondía una mujer que se había vendido a su mentor a cambio de seguridad.

A su rico mentor, se corrigió con despecho. Cuatro años después de casarse, había observado el ataúd de Glen sin derramar una sola lágrima, en claro contraste con la pena y el dolor que había mostrado en el entierro de su madre.

—Necesito el dinero para ella —insistió Cat de pronto, al tiempo que se levantaba para hacerle frente—. No es para mí, Nick.

¡Y lo decía una mujer que jamás había sentido la menor inclinación hacia los niños! Con todo, deseaba creerla. Era una actriz tan buena que parecía estar siendo totalmente sincera.

Por otra parte, lo enfurecía que usase a la niña de la fotografía en su propio provecho.

—Siéntate, Cat —dijo Nick con calma— y explícame qué te une a esta niña.

Después de un segundo de duda, Cat obedeció, se sentó de nuevo y alzó la barbilla y su naricita para decir, con una voz que lo hacía pensar en largas noches de sexo enloquecedor:

—Me comprometí a cuidar de ella.

El deseo amenazaba con hacerle perder el juicio. Enojado por la traicionera respuesta de su cuerpo, volvió detrás de la mesa para ocultarse.

—¿Por qué?

—Nació el uno de noviembre del año pasado.

—¿Y? —Nick frunció el ceño.

—Justo un año después de morir mi madre —añadió Cat, súbitamente pálida—. Estaba en Romit. Su madre murió en el parto. Yo... me hice cargo de ella.

Era muy astuta eligiendo Romit como escenario de aquel drama inventado. Incapaz de detener la masacre, incapaz de ayudar a las víctimas, el mundo entero había visto en sus televisores la angustia de una salvaje guerra civil. Los rebeldes ya habían sido derrotados y había un destacamento militar para garantizar la paz en el territorio, pero los habitantes de Romit seguían hallándose entre los más pobres y desgraciados.

—Entiendo. ¿Y qué agencia está detrás de esta adopción?

—Ninguna.

—¡Vamos, Cat! ¡Hay que ser muy idiota para tragarse una historia así! —exclamó Nick con desdén—. ¿Para qué quieres el dinero en realidad?

La luz de sus ojos se apagó. Cat lo miró con frialdad e imprimió un tono duro, inflexible a su voz:

—Sabía que no me creerías, así que he traído mi pasaporte y una carta de la monja que dirige la clínica donde están atendiendo a Juana. La hermana Bernadette explica adónde irá a parar el dinero y por qué lo necesito ahora.

No sabía qué, pero aquello sí que no se lo había esperado.

Nick frunció el ceño mientras ella sacaba del bolso un sobre arrugado y su pasaporte.

—Aquí están las fechas de cuando fui y salí de Romit —dijo apuntando con un dedo una de las páginas.

¿Qué sentiría con aquellos dedos sobre su piel?, ¿lo acariciarían con dulzura? Nick experimentó una inflamable mezcla de deseo y culpa.

Se forzó a fijarse en el pasaporte y se le heló la sangre.

—¿Se puede saber qué hacías en Romit en medio de una guerra civil?

—Estaba trabajando en un hospital...

bueno, era una clínica privada más bien.

–¿Por qué? –quiso saber Nick, con los ojos clavados en los sellos de la aduana mientras recordaba las atrocidades que habían relatado los medios de comunicación.

–Ya te lo he dicho: estaba trabajando –repitió Cat, mirándolo como si se hubiera vuelto loco.

–¿Tú?, ¿En un país del tercer mundo, en un hospital? –Nick soltó una risotada despectiva–. No me tomes el pelo, Cat.

Esta se levantó como un resorte y le entregó el sobre.

–Haz el favor de leer la carta –le ordenó prácticamente mientras él se ponía de pie también.

–Estoy seguro de que dirá que es de una monja de una clínica de aquella isla olvidada de la mano de Dios –afirmó él–. No es difícil de falsificar. Pero olvidas que estás hablando conmigo, Cat. ¿Qué hacías en Romit?

–Después de morir mi madre y Glen, una amiga me sugirió que fuera con ella a la isla... su padre trabajaba en un campamento de la ONU –Cat vaciló un segundo antes de continuar–. La clínica estaba pegada al campamento y tenía pocos medios. Cuando la lucha se extendió en el otro extremo de la isla, empezaron a llegar refugiados y el personal médico se vio desbordado, así que

Penny y yo les echamos una mano. Cuando a su padre le encomendaron otro destino, este insistió en que Penny se fuese con él, pero yo me quedé.

—¿Por qué? —preguntó Nick con voz ronca.

Estaba tan hermosa allí quieta, de pie, apretando los puños enrabietada. Afuera, una nube había tapado el sol. Nick tuvo que reprimir el impulso de dar tres zancadas y estrecharla entre sus brazos.

—No sé —contestó por fin en voz baja—. Son tan... abnegados. No tenían nada de nada, pero se reían y eran amables entre sí y conmigo. Los niños se habían encariñado conmigo. Y yo no tenía a nadie.

Sí que era buena actriz, sí. Nick pensó que debía considerarse afortunada, pues su frágil constitución hacía que cualquier hombre quisiera protegerla.

—¿No podías escapar? —preguntó entonces, enojado por su debilidad—. La Cat Withers a la que yo conocí habría salido huyendo ante el menor peligro.

—Courtald —corrigió ella con firmeza—. ¡Me llamo Catherine Courtald! Y tú no me conoces... nunca has sabido cómo soy. Te bastó mirarme para echarme en cara todos tus prejuicios, sin la menor razón ni lógica alguna.

—Alguna razón sí que tenía —repuso Nick

con sarcasmo–. ¿O acaso vas a decirme que estabas apasionadamente enamorada de Glen cuando te casaste con él?, ¿que no se te pasó por la cabeza que con su dinero podrías atender a tu madre enferma y asegurarte tu futuro?

–Te lo dije entonces y te lo vuelvo a repetir ahora: ¡estaba enamorada de él! –espetó con agresividad.

–¿Y eso cómo es posible si cada vez que me mirabas me deseabas... casi tanto como yo te deseaba a ti?

–¿Nunca has hecho alguna estupidez? –replicó Cat.

–Sí. Hace seis años miré a la prometida de mi mejor amigo y la deseé sexualmente –contestó con crudeza.

Se quedó pálida. Hizo un gesto brusco, luego se obligó a bajar los brazos a los costados. Recobró la compostura.

Por su parte, a pesar de todo, Nick quería creerla. Le estaba costando horrores controlar aquel deseo reprimido, su rabia... y una enervante ansia de protegerla.

–Es una buena historia, Cat –dijo al cabo de unos segundos–. Y te has documentado bien. Pero me temo que no logro creerme ni una sola palabra... ni la fotografía.

Pero, por pura cabezonería, Cat se mantuvo impertérrita. No podía rendirse, nunca se lo perdonaría... ni perdonaría a Nick que su desconfianza en ella impidiese que Juana se operara.

—¿Por qué no te molestas por lo menos en averiguar si te estoy diciendo la verdad? —le preguntó ella con suavidad mientras agarraba su bolso—. Puedes descontarme el dinero de la pensión del año que viene.

—¿Veinte mil dólares? ¿De qué vivirías? A no ser que estés pensando en casarte con otro hombre rico —contestó Nick, enarcando una ceja—. Pero, como fideicomisario, te recuerdo que entonces tendrías que renunciar a cualquier reclamación futura sobre los bienes de Glen.

—Estoy pensando en encontrar trabajo —masculló Cat mientras se daba la vuelta y echaba a andar hacia la puerta.

Sin molestarse en mirar atrás, salió del despacho y siguió caminando con paso decidido.

Al cruzarse con la ayudante personal, la saludó con educación. Esta la acompañó al ascensor, visiblemente sorprendida. Luego, una vez en la planta baja, salió del edificio y sintió un escalofrío a pesar de que el cielo se había despejado.

Era como si tuviese fiebre. La fiebre de Nick Harding, pensó desesperada. No se había curado de la enfermedad, no. El virus había permanecido dentro de ella, latente, inactivo, esperando una sola mirada, un roce, para volver a despertar y descomponerla.

«¡Por Dios, Cat, contrólate!», se ordenó con severidad. «Tienes que pensar qué vas a hacer si se niega a ayudarte».

Fuera como fuera, conseguiría reunir el dinero para la operación de Juana.

Capítulo 2

UNA larga y tensa semana después, Cat estaba saliendo de la biblioteca de la universidad cuando su compañera le dio un codazo y exclamó:

–¡Guau! ¡Qué pedazo de hombre!

Era Nick, el cual estaba recostado sobre un llamativo coche... aunque no tanto como su propietario.

–¿Cuál es mi color favorito? –preguntó la compañera retóricamente–. ¡El de la última prenda que se quite ese hombre en mi habitación!

Cat procuró que su respuesta sonase desenfadada:

–Vamos, Sinead, tú ya tienes a Jonathan; no seas avariciosa. Además, este te rompería el corazón.

–Los corazones se curan con el tiempo, y tengo la impresión de que sería una aventura tórrida y salvaje, de las que impresionan a tus bisnietos –la compañera se detuvo al ver que Nick estaba escudriñando a Cat–. ¿Qué pasa?, ¿lo conoces?

El sol iluminaba el bronceado rostro de Nick. Parecía un pirata: implacable y poderoso.

–Lo conozco –dijo Cat–. No mucho, pero lo suficiente como para ser precavida.

–Si tú no lo quieres, podías presentármelo –la compañera rió al ver el brillo que destelló en los ojos de Cat–. Tenía que intentarlo. Anda, ve con él... Ya me lo contarás todo por la noche.

Una vez sola, Cat se acercó al coche, con la espalda bien recta y unos andares que denotaban más seguridad de la que en el fondo sentía.

El traje oscuro de Nick se ceñía a la perfección a sus anchos hombros y estrechas caderas. Sus ojos centelleaban con un brillo peligroso.

Cat lamentó no llevar su bonito vestido azul de nuevo. Los vaqueros, aunque combinaran bien con la camiseta color crema y el jersey marrón rojizo, no estaban a la altura de su atuendo.

–Hola, Nick –lo saludó mientras se acercaba a él, nerviosa como una colegiala.

–Cat –Nick sonrió, abrió una puerta del coche y estiró una mano para sujetarle la mochila. Después de un instante dubitativo,

Cat se la entregó–. Pesa demasiado para ti –comentó con el ceño fruncido mientras la colocaba en el asiento trasero.

–Los libros siempre pesan mucho. ¿Adónde vamos?

–A algún sitio no tan público como este.

Cat asintió con la cabeza, entró en el coche y puso las manos sobre su regazo, ordenándoles en silencio que se estuvieran quietas. Fijó la vista al frente con decisión, pero no registró nada del paisaje hasta que llegaron a un edificio de *art déco*, junto a uno de los parques del centro de Auckland.

–No es tu oficina –murmuró ella.

–No –contestó Nick mientras apagaba el motor. Una sola palabra, pero suficiente para indicar su determinación. Cat hizo ademán de agarrar su mochila–. Está bien donde está. Luego te llevo a casa –atajó él.

Me la llevo de todos modos –contestó esquivando los ojos de Nick, el cual sonreía como si estuviera tramando algo... ¿Pero qué?

–Entonces la cargo yo –dijo él, arrebatándole la mochila de un suave y potente tirón.

Entraron en el edificio. El ascensor estaba restaurado, pero, una vez en el que resultó ser el apartamento de Nick, Cat advirtió que, por dentro, este conservaba todo su encanto y estilo.

Nick la condujo a un amplio salón con vistas a un mar de ramas de los árboles del parque. Había cerezos con flores rosas, una fuente en medio de un estanque bordeado de florecillas azules.

El césped se extendía hasta una hilera de robles, cuyas ramas se mecían al compás de una suave brisa.

Tenía que mantener la calma, se dijo Cat al tiempo que tragaba saliva.

—¿Quieres beber algo? —le ofreció Nick.

—No, gracias —rehusó ella, aunque tenía la boca y la garganta más secas que el desierto de Gobi.

—Yo sí tengo sed, disculpa —se excusó con brusquedad, para desaparecer acto seguido por una puerta.

Cat miró tensa en derredor. Si Nick había elegido personalmente los muebles del salón, había hecho un buen trabajo. Iban con él, pero los sofás y asientos negros, la exquisita alfombra persa y los cuadros abstractos de la pared la intimidaban.

Así debían de sentirse los niños, pensó distraída, en el enorme mundo de los adultos: diminutos, débiles.

Pero no. Quizá fuese pequeña, pero nunca débil. Se puso firme y enfiló hacia la librería. Curiosamente, la alegró distinguir algunas de sus novelas favoritas.

Estaba hojeando una cuando Nick regresó con una bandeja.

—He hecho un poco para ti también —dijo este mientras la ponía en la mesa—. Y, por Dios, deja de mirarme como si fuera a tirarme encima de ti.

Cat dejó el libro y, no sin desconfianza, accedió a acomodarse sobre una cómoda silla. Al menos, el café le brindaba una excusa para ocupar las manos. Sirvió la taza de Nick como a este le gustaba, solo y muy fuerte, y añadió mucha leche para el café de ella.

—¿Por qué has recuperado tu nombre de soltera? —le preguntó él después de tomar asiento frente a Cat.

—Porque quería —contestó sorprendida.

No era la respuesta correcta, aunque con Nick ninguna lo era.

—Sin embargo, a veces te pones su anillo todavía —le recriminó, apuntando hacia su vacío dedo anular—. Para que no me olvide de que te casaste con el hombre que hizo posible que yo tuviera un futuro.

Cat sintió que las mejillas le ardían. El día que había ido a verlo a su despacho, se había puesto el anillo como un talismán, creyendo que le daría seguridad.

—Entonces deberías entender lo que siento por Juana. Quiero hacer por ella lo que Glen hizo por ti.

–Sí… –gruñó Nick. Luego, tras una tensa pausa, prosiguió–. Me he puesto en contacto con la clínica. ¿Qué antojo te dio para hacerte cargo de la niña?

–Solo tenía una tía… Rosita, de catorce años. Los rebeldes habían asesinado a su padre y no sé qué fue del resto de su familia. Era demasiada responsabilidad para Rosita.

–Eso no contesta a mi pregunta –respondió Nick–. ¿Cómo pasó la niña a estar a tu cargo? –insistió.

–Rosita no tenía dinero ni manera de ganarlo. Eran refugiadas. No podía dejar que el bebé muriera cuando sabía que podía salvarle la vida.

–¿Cómo te enteraste de su situación?

–Estaba presente cuando la niña nació. La sujeté en mis brazos mientras el médico intentaba salvar a su madre –explicó Cat–. Y para mí fue muy especial, porque nació el día en que mi madre murió. Me pareció… significativo. Simbólico…

Esperó una risotada sarcástica, un bufido irritado, pero no llegó.

–¿Quieres adoptarla? –le preguntó por fin con expresión impávida.

–No… La hermana Bernadette me convenció de que le irá mejor en su país, con su cultura, con una tía que la quiere. Juana es lo único que le queda a Rosita... su única razón para vivir –Cat levantó la taza, dio un sorbo de café y volvió a ponerla en la mesa–. Quiero asegurarme de que no le falten medios para que la operen... Los médicos de Brisbane dijeron que necesitarían al menos dos intervenciones más.

–¿Cuánto tiempo llevará todo esto?

–Como poco cinco años.

–Un compromiso a largo plazo –dijo Nick con frialdad–. ¿Y después?

–Al menos quiero asegurarme de que Rosita salga adelante, para que pueda seguir cuidando de Juana. Vivir en Romit no es fácil para una chica sin familia ni nadie que la proteja.

–Así que estás planeando el futuro de dos niñas.

–Sí, supongo.

Un pesado silencio envolvió el salón unos segundos.

–De acuerdo con el testamento de Glen, no estoy autorizado para entregarte más que tu pensión anual.

Cat contuvo un primer impulso de protestar. La muerte de Glen la había aturdido tanto, que apenas se había enterado de lo que su representante legal le había explicado. Glen siempre la había visto como una ingenua adolescente a la que había convencido para llevarla al altar, de modo que no la extrañaba tanto que no confiase en ella.

—Pero podrías pedirme que te ayudara —dijo Nick entonces.

—Acabo de hacerlo —replicó Cat, recelosa—. Y te has negado.

—No puedo desobedecer las instrucciones de Glen. Sin embargo, me pidió que cuidara de ti —Nick miró el sobre y el pasaporte de Cat—. Podría hacerte un préstamo personal. O un regalo.

Cat concibió un atisbo de esperanza, pero la dura expresión de Nick la desengañó.

—No será gratis, claro —contestó ella—. ¿Qué quieres a cambio?

—Puede que no quiera nada —dijo Nick, lanzándole una mirada depredadora.

—Lo dudo mucho —Cat soltó una risilla cínica—. Las cosas no funcionan así.

—¿Qué estás dispuesta a darme? —la presionó él.

Más que ninguna otra cosa en el mundo, quería humedecerse los resecos labios y beber un poco más de café para que las palabras pasaran por su árida garganta:

—Yo solo doy a las personas que quiero —contestó.

—Según acabas de explicarme, has roto esa regla dos veces. Tres, si aceptamos que no querías a Glen cuando te casaste con él.

—Sí que lo quería —afirmó Cat. Lo había querido, aunque solo fuese porque entonces no era más que una jovencita inocente, impresionada por su mayor experiencia en la vida.

—Dejando de lado tu matrimonio con Glen, los otros dos casos demuestran una tremenda falta de gusto —dijo Nick casi divertido—. Al menos, no está muy bien visto hacer el amor...

—No hicimos el amor... solo nos besamos —lo interrumpió, roja de vergüenza—. Y no estaba sola...

—Por supuesto que no —convino él—. Estábamos los dos, besándonos como si quisiéramos hacer el amor allí mismo, el día antes de casarte con él, y el día de su entierro.

Parte del café se derramó sobre la mano de Cat, la cual contuvo la respiración.

—¿Te has quemado? —preguntó Nick mientras se acercaba a examinarla—. Deja que vea...

Le quitó la taza de café y la puso sobre la mesa. A pesar de que el sol iluminaba todo el salón, Cat se quedó helada cuando notó que Nick le sujetaba la mano y se la llevaba a la boca, como si fuese incapaz de contenerse.

Lo miró desorientada mientras él posaba

los labios sobre la delicada piel de su muñeca. De pronto, el frío dio paso a un calor sofocante.

Hizo ademán de apartarse, pero le abandonaron las fuerzas. Cat no pudo evitar fijarse en el brillo hambriento de sus ojos, en aquella boca sensual...

¡Dios!, ¡cómo había intentado olvidarse de lo que había sentido al saborear aquella boca! Se había engañado durante años, negándose a aceptar que nunca había dejado de desear a aquel hombre. Muy a su pesar, aquella traicionera atracción física seguía abrasándola.

A los dieciocho años, había sido demasiado inexperta como para comprender que también Nick se había visto abrumado por aquella desbordante pasión. Y al besarlo, había experimentado por primera vez lo poderoso que podía llegar a ser el deseo sexual.

Asustada, le había dado la espalda, ingenuamente convencida de que aquello no era comparable al cariño y al respeto que sentía por Glen. Durante el matrimonio, había expulsado a Nick de sus pensamientos, pero este había vuelto a infiltrarse en su cerebro a la muerte de Glen. El beso tras el entierro había empezado como un intento de reconfortar a Nick... y había acabado cuando este la había apartado y había salido pálido de la casa.

Cat comprendió que Nick lamentaba haberse entregado a ella en aquellos momentos. Y que sentía tanto respeto hacia su amigo y mentor, que jamás podría haber nada entre ellos dos.

Ni entonces ni nunca.

—Cat —susurró Nick con voz ronca con la boca sobre su mano todavía.

Luego se puso de pie, levantándola consigo, y la besó. Y, de nuevo, fue como si entrara en una nueva dimensión en la que lo único real era la boca de Nick, su potente cuerpo contra el de ella, el olor del café y de la mutua excitación.

Después, de golpe, la soltó y la dejó temblando, mirándola con expresión reservada, indescifrable.

—Maldita sea: sigues besando como una virgen.

—Y tú sigues besando como si supieras exactamente qué estás haciendo; como si formara parte de un plan.

—Yo nunca planeé desearte. Al principio me dije que era por esa carita patricia tuya, por tus modales impecables, tu procedencia. No tenías mucho dinero, pero sí eras de buena cuna —contestó Nick—. Una princesa intocable, un reto irresistible para un chico de la calle.

—Me ofendes —dijo ella con voz trémula.

—Pero es la verdad —Nick se giró, agarró la taza de café y la empujó hacia ella—. Bebe.

—No —rehusó esta, decidida a marcharse—. Esto no nos está llevando a ninguna parte. Será mejor que me vaya.

—Será mejor que no, si quieres el dinero —Nick se encogió de hombros.

Cat vaciló, odió verse enredada en aquella situación, pero acabó sentándose de nuevo. Se había hecho cargo de Juana y lucharía por ella aun a costa de su orgullo.

—¿Puedes mirarme a la cara y decirme que no me deseas? —le preguntó entonces Nick. Permaneció en silencio unos segundos y, como ella no contestaba, añadió—: ¿Y que no odias sentirte atrapada por un deseo tan degradante? Te desagrada tanto como a mí.

Cat apretó la taza con fuerza. Negarlo sería mentir. Se llevó la taza a la boca y dio un sorbo de café.

—Desear no es suficiente —respondió por fin.

—Es todo lo que tenemos —repuso él.

Todo seguía igual.

Lo único que tenían en común era aquella desquiciante atracción sexual y el dinero, pensó disgustada. Por otra parte, estaba segura de que acostarse con Nick sería fabuloso, y el dinero proporcionaría un futuro a Juana.

Observó cómo giraba el café mientras lo movía con una cucharilla. Un caos de pensamientos y emociones indecisas rebullía en su interior, hasta que, por fin, se preguntó si no sería aquella una oportunidad para que Nick la viera como de verdad era...

Le resultó una idea tan atractiva, que la invitaba a despreocuparse de todo sentido común.

Nick se acercó a la ventana y miró hacia el parque.

—Me comprometería a serte fiel —comentó él al cabo—, pero esperaría lo mismo de ti —añadió, dándose la vuelta para mirarla a la cara.

¿Sabría que Glen le había sido infiel, la primera vez menos de un año después de la boda, al poco de entrar en la universidad?

—No —decidió súbitamente enfurecida—. No pienso tener una aventura contigo, así que ya puedes ir sacándote esa idea de la cabeza. Lo reconozco: te deseo; pero no pienso acostarme contigo. No te necesito. Estoy contenta con mi vida tal como es.

—Pues no te des por contenta con tan poco —Nick se acercó, le quitó la taza de café y la dejó sobre la mesa. Luego, le hizo una caricia en la mejilla—. Eres preciosa... y el mundo se ilumina cada vez que sonríes. Sonríe para mí, Cat —añadió en voz baja y sensual.

Sus palabras derritieron sus defensas como si fuesen llamas lamiendo hielo. Aunque trató de resistirse, una sonrisa fugitiva curvó sus labios.

—Y cuando dices mi nombre, suena como si me desearas —prosiguió Nick, acercándose a ella—. Me gusta que lo pronuncies, me gusta cómo me miras cuando crees que no te estoy viendo... Me vuelve loco el ligero temblor de tu garganta, el color de tu piel que me arroba... —agregó, aproximando la boca hasta colocarla a escasos centímetros de sus labios.

Para entonces, Cat ya estaba deshecha, su cuerpo hipnotizado por aquellos susurros, por aquella débil fragancia que solo a él le pertenecía, cautivada por aquel aura sexual que la incitaba a besarlo...

Pero el instinto de conservación la hizo cerrar los ojos y resistirse al deseo:

—No pienso prostituirme, ni para ayudar a Juana —dijo con voz ronca.

—¿Por qué no? Ya te prostituiste por tu madre.

—¡No es verdad! —exclamó indignada Cat tras abrir los ojos—. No fue así.

—Si no hubiera tenido una enfermedad del corazón que requería que la atendieran veinticuatro horas al día, ¿te habrías casado con Glen? —preguntó Nick, controlando sus emociones, después de retroceder un paso—.

Si tu padre no se hubiese muerto, dejándoos sin un centavo, ¿te habrías casado con Glen? Estabas sola, a la deriva, con una madre enferma, sin casa ni trabajo. Cuando Glen apareció como un caballero de la brillante chequera, viste que podía rescatarte y aprovechaste la ocasión.

–Mis motivos para casarme con Glen no son asunto tuyo –contestó ella con indiferencia.

–¿Lo habrías dejado plantado en el altar si te hubiera ofrecido que te casaras conmigo, Cat? –le preguntó sin rodeos–. ¿O te habría parecido más atrayente su dinero?

No tenía respuesta. Al pedirle que cancelara la boda, Nick no le había ofrecido nada. La idea de fallarle a su madre y traicionar a Glen la había espantado.

Y de veras había estado convencida de que lo quería.

–No –contestó Nick, adelantándose a ella–. Claro que no te habrías casado conmigo. Yo no tenía ni la mitad de dinero que él.

–Todo eso ya no importa –replicó Cat con frialdad–. Mi madre está muerta, y también Glen. Olvídate de que te he pedido ese dinero. Olvida que he venido a verte. No nos pongas las cosas difíciles y finge que sigo en Romit –añadió, encaminándose apresurada hacia la puerta.

Pero Nick la detuvo, agarrándola por un brazo, antes de que hubiera salido del salón.

–¿En qué te has gastado el dinero de tu pensión? –le preguntó enojado, tras obligarla a que se diera la vuelta para mirarlo–. ¿Por qué estás viviendo en una casucha con otros cinco estudiantes? ¿Por qué estás trabajando en un restaurante de mala muerte para pagarte la universidad?

–Parece que me has estado espiando desde que fui a verte la última vez –dijo Cat, disgustada. Había supuesto que confirmaría su estancia en Romit, pero la enfurecía que también hubiese investigado la vida que llevaba en Auckland.

Estaba tan enfadada, que le habría dado una bofetada, pero se limitó a darle un empujón en los hombros:

–No te metas en mi vida, Nick.

–Has sido tú la que me ha invitado a volver a entrar –respondió él, pero con un tono de voz más profundo, menos irritado.

Aflojó la presión con que le estaba sujetando el brazo y subió la mano hacia su hombro. Cat comprendió que estaba en peligro. Debía salir corriendo; pero, en vez de huir, deslizó los dedos sobre los firmes músculos de sus hombros.

–Tú has dado el primer paso –dijo él, justo antes de besarla, y esa vez Cat sucumbió, cayó como una piedra pesada arrojada sobre las aguas del mar.

Hasta entonces, siempre la había besado furioso, desesperado, pero esa vez no hubo furia, sino mera voracidad, avidez por devorarla, una fiereza contra la que no pudo defenderse.

Cat capituló, se rindió y abrió la boca, invitándolo a que la explorara con la lengua mientras la estrechaba con más fuerza todavía entre los brazos.

Nick abandonó sus labios, le besó el cuello, tonificó con sus caricias hasta el último rincón de su exultante cuerpo. De pronto, el deseo dio paso a la pasión. Cat tembló de placer, echó la cabeza hacia atrás para facilitarle el acceso a sus pechos, se quedó sin aliento con la erótica caricia de Nick...

Y supo que tenía que parar en ese instante, cuando todavía no era demasiado tarde.

—No —dijo con voz ronca después de apartarse lo justo para poder mirarlo a los ojos.

Entonces, de pronto, vio desvanecerse la turbia pasión de sus ojos. Nick recobró la compostura, aquella expresión impenetrable, dio un paso atrás y se miró las manos, como si lo hubieran traicionado.

—No funcionaría —añadió ella con voz trémula—. Me voy a casa.

—Te llevo —Nick hizo caso omiso de sus protestas y agarró su mochila.

Bajaron en silencio. Llegaron al coche y arrancaron. Cat no le dio la dirección de su casa, ni él se la pidió. Condujo directamente a un viejo edificio del centro, barato, destartalado, pegado a la universidad y al restaurante en el que ella trabajaba por la noche.

—¿Sabías que van a derruir este edificio? —le preguntó Nick después de frenar frente a él.

—¿Te lo ha dicho tu espía? Sí, lo sabía —contestó al tiempo que salía del coche—. Adiós, Nick —añadió con una voz calmada que ocultaba el desgarro de su corazón.

Este no arrancó el coche hasta que Cat salió a mirar por la ventana de su dormitorio.

Desde que se habían conocido, Cat no había podido evitar fijarse en el matiz exacto de su color de ojos, en cómo se arrugaban sus mejillas cuando sonreía, en la elegancia de sus andares, el poderío innato que lo rodeaba.

Pero, de alguna manera, había logrado convencerse de que todo aquello no significaba nada. Se había esforzado tanto por ser una buena esposa que había dejado de ser ella misma.

Se había equivocado. Se había sentido tan

orgullosa porque alguien como Glen pudiera enamorarse de ella, que se había dejado convencer para formar un matrimonio que había sido una farsa desde el instante en que había visto a Nick. ¿Habría abandonado a Glen si Nick se hubiese aprovechado de la potente atracción que se había desatado entre los dos?, ¿si la hubiera reclamado para sí, en vez de echarse atrás aquel día, en el hotel?

Cerró las manos en puño y se alejó de la ventana. Nunca lo sabría.

Capítulo 3

COMO el cliente de la mesa seis me llame «chavala» otra vez, agarro su plato de ensalada y se lo vacío por el cuello de la camisa –murmuró Cat.

–Creo que intenta impresionar a su novia –comentó Sinead, esbozando una sonrisa comprensiva.

–A juzgar por cómo lo mira, me parece que ya cree que es la mayor lumbrera del siglo, de modo que ya puede dejar de darse esos aires –contestó malhumorada Cat mientras preparaba otra ensalada.

–Me alegra que esa mesa sea tuya –dijo Sinead al tiempo que le entregaba la nota de otro pedido a Andreo, propietario y cocinero de aquel pequeño restaurante familiar.

–Vigila tu genio, Cathy –dijo después de mirar el pedido–. Si te toca, grita todo lo que quieras; pero si no, mantenlo contento. Se supone que debemos atraer tantos clientes como podamos, no espantar a los que vienen, tirándoles comida encima.

–Aun así, resulta tentador –murmuró Cat, a la que trabajar en aquel restaurante le había hecho abrir los ojos y comprobar la gran variedad de personas de la única ciudad grande de Nueva Zelanda.

El suave tintineo de la campanilla de entrada la hizo salir de la barra y regresar al restaurante. De pronto, al ver los ojos ambarinos del hombre que acababa de entrar, frenó en seco. Una mezcla de enojo y placer enrojeció sus mejillas.

–¿Mesa para uno, señor? –preguntó con dulzura, poniendo una sonrisa forzada.

Nick, vestido con unos vaqueros y camisa negros, parecía una criatura de la noche, peligrosa, perturbadora, primitivamente sexual.

–Sí.

Cat agarró el menú, lo acompañó a una mesa para dos y retiró el cubierto sobrante mientras él tomaba asiento. Clavó la vista en un punto perdido por encima de sus hombros, le entregó el menú y le recitó las especialidades de la casa.

–¿Qué me recomiendas? –preguntó Nick sin mirar el menú.

–El filete de ternera con ensalada es particularmente bueno, señor –contestó ella.

Aunque sabía que era jugar con fuego, se arriesgó a mirarlo a los ojos, y una oleada de excitación recorrió toda su piel.

–Entonces tomaré el filete con ensalada –se dejó aconsejar Nick.

–¿Quiere beber algo, señor?

–Una cerveza –respondió, y especificó una de las varias que servía el restaurante.

–Sí, señor.

Nick le dio las gracias cuando le llevó la cerveza.

–Y no me llames «señor» –le ordenó con autoridad.

–Es la costumbre –replicó Cat.

–Pero no lo haces por eso.

–¡Chavala!, ¡chavala! –la llamaron desde otra mesa–. ¿Dónde se ha metido la camarera?

–Disculpa –le dijo a Nick, casi aliviada, antes de regresar junto al hombre de la mesa seis y su risueña novia.

–Te has equivocado con la cuenta –voceó él–. Lo he comprobado en mi calculadora y me estáis cobrando siete dólares más.

Tardó varios minutos en revisar con él lo que habían comido y hacer la suma en su calculadora de nuevo, esa vez obteniendo el resultado de la cuenta.

Obviamente, no pidió perdón por las molestias.

—Apuesto a que tampoco ha dejado propina —murmuró Sinead, vigilando fascinada a Nick.

—Tampoco lo esperaba. ¿Por qué había de hacerlo? Lo de las propinas no es costumbre en Nueva Zelanda —contestó Cat—. A no ser que hagamos algo extremadamente bueno para el cliente.

—Pues a mí me parece extremadamente bueno por tu parte que no te hayas cargado a ese cliente —bromeó Sinead—. Por cierto, que a ese chico tuyo tan guapetón no le ha gustado nada el numerito que ha montado el otro tipo —la pinchó su amiga.

—No es mi chico —contestó Cat.

—Puede —concedió Sinead con alegría—. Pero por cómo te mira, creo que él sí piensa que le perteneces.

—No seas tonta.

—¡Vamos, Cat!, ¡disfruta un poco de la vida! —dijo Sinead, sonriente—. Míralo: es guapísimo. Seguro que pasaríais un rato inolvidable. ¿Quién es, por cierto? Me suena de algo.

—Nick Harding —respondió Cat sin énfasis.

—¿Y es tu novio o no? —preguntó Sinead, a la que el nombre no parecía decirle nada.

—No.

—Ya —Sinead estaba estudiando Bellas Artes—. Tiene una complexión estupenda. Y buen gusto para vestir: los vaqueros le sientan de maravilla. Y me encanta ese aire indómito, feroz y, al mismo tiempo, disciplinado. Apuesto a que es muy activo en la cama.

–¿Nunca has pensado en cambiar de vocación? –replicó celosa Cat–. ¿En escribir, por ejemplo? ¿Y qué pasa con Jonathan? El pobre estará sacando brillo a la moto para sacarte esta noche a divertiros.

–Está bien, tú lo viste antes. Pero no pasa nada por fantasear un poquito, ¿no? –contestó Sinead, sonriente. Diez minutos después, le susurró asombrada–. ¡Acabo de darme cuenta de quién es Nick Harding! Es el multimillonario de Internet, ¿no?

–Sí.

–Una se imagina que lo de los ordenadores es algo más frío. Pero luego llega este hombre y... No es que esté bueno: eso es demasiado corriente. Desprende fuego... pero se queda corto. Me da que no hay una palabra que signifique atractivo, despiadado y peligroso al mismo tiempo –Sinead le guiñó un ojo a Cat–. Intuyo oscuros secretos, profundidades insondables y cierta temeridad que dispara mis hormonas. ¿Por qué no estará en otro restaurante, rodeado de otros millonarios? ¿Tendrá que ver con tus misteriosos ojos rasgados? –añadió sonriente, justo antes de alejarse a servir un pedido.

Cat estuvo tensa el resto de la noche, incluso después de que Nick se bebiera su cerveza, cenara y se marchara despidiéndose con un gesto de la cabeza nada más. No intentó darle propina, lo cual la alivió. Le habría tirado el dinero a la cara y a Andreo le habría dado un infarto.

Era muy tarde cuando por fin salió del restaurante y dejó a Sinead con Jonathan, que, en efecto, había ido a buscarla en moto.

—No, no hace falta que me acompañéis a casa —les había asegurado al verlos vacilar—. ¡Marchaos y pasaos la noche bailando!

—¿Estás segura? —le preguntó Sinead.

—Totalmente. Venga, largo.

—Está bien —accedió su amiga por fin—. Hasta mañana.

Luego, una vez sola, Cat empezó a andar a paso ligero. Soplaba un viento cálido y el cielo amenazaba lluvia. Como Auckland se encontraba en un istmo entre dos puertos, uno en la costa este y otro en la occidental, el viento siempre iba cargado con la sal del mar.

No era el único aroma que flotaba en el ambiente: el césped recién segado del parque Domain, algún perfume exótico de plantas tropicales, flores de dulces fragancias.

Aunque era más de medianoche, había bastante tráfico en la autopista. Cat deseó poder pisar el acelerador y conducir hacia el norte, y no parar hasta llegar a alguna ciudad pequeña alejada de Nick, donde este no pudiera encontrarla nunca.

Entonces, oyó que la llamaban. Giró la cabeza y sintió una llamarada dentro del cuerpo al ver a Nick en su llamativo coche.

—Te acerco a casa —dijo él no bien hubo llegado a su altura—. Espero que no tengas por costumbre andar sola a estas horas de la noche.

—Suelo volver con Sinead —contestó Cat, encogiéndose de hombros—. Vivimos en la misma casa.

—Entra —le pidió Nick—. A no ser que quieras que te siga hasta casa —añadió al verla dudar.

Cat obedeció a regañadientes y tomó asiento en silencio. Si la tocaba, le pegaría donde más le doliera, pensó agresiva. Se negaba a soportar de nuevo el azote de su sexualidad, su propia e incontrolable respuesta. Era humillante.

Nick no intentó tocarla. Permanecieron callados hasta que casi hubieron llegado a su destino:

—¿Por qué, recibiendo una generosa pensión, trabajas todas las noches en un restaurante de segunda clase?

—Andreo es un gran cocinero...

—Esa no es la cuestión —atajó él—. ¿Por qué eres tan reservada? Supongo que tiene mucho que ver con la laudatoria respuesta que me han dado en la clínica de Ilid. Según la hermana Bernadette, eres una generosa benefactora; de hecho, la única benefactora de la clínica. Gracias a ti, me ha dicho, ahora tienen no sé qué equipo médico que no me atrevo a deletrear, mucho menos pronunciar.

—Es un... —Cat se mordió la lengua.

—O sea, que es verdad —concluyó Nick justo mientras detenía el coche frente a la casa de ella—. ¿Cuánto costó?

Cat miró hacia la ventana de su cochambrosa habitación. De haber sabido que Juana iba a necesitar esa segunda operación, se habría guardado aquellos veinte mil dólares, pero tampoco se arrepentía de que la clínica dispusiese de mejores medios para atender a sus pacientes.

—No es asunto tuyo —contestó finalmente—. Tú único deber es asegurarte de que reciba mi pensión una vez al año.

—Si crees que eso es todo lo que hace un fideicomisario, quizá deberías releerte la lección correspondiente en tus libros de texto —repuso Nick—. Una cosa es segura: Glen no pensaba que mandarías todo su dinero a un hospital de Romit. No hace falta que te diga que lo horrorizaría verte de camarera en un restaurante, por muy bueno que sea el cocinero. Quería que cuidaran de ti.

—Puedo cuidarme solita —respondió distante.

—No muy bien. Tienes ojeras —Nick apagó el motor y agarró el volante con ambas manos antes de girarse a mirarla—. Está bien, olvídalo. Si eso te hace feliz, gástate hasta el último centavo en esa clínica. Tengo que pedirte un favor.

—¿Un favor? —repitió sorprendida Cat.

En más de una ocasión, había oído a Glen refunfuñar por lo orgulloso que era Nick, acostumbrado a lograr todos sus objetivos sin rebajarse a pedir ayuda a nadie.

—Ya me has oído —dijo él, crispado—. No será fácil, y tendrás que venirte a vivir conmigo. Si te hablo de la Dempster Cup, sabes a qué me refiero, ¿verdad?

—Para tu información, leo el periódico todos los días —repuso Cat, a la cual le latía el corazón vertiginosamente—. Después de la America's Cup, es la competición de yates más prestigiosa del mundo, y este año se celebra en Auckland. ¿Pero qué tiene eso que ver con que quieras pedirme un favor? ¿Y por qué tendría que irme a tu casa?

—¿También has oído hablar de Stan Barrington?

—¿El magnate de los medios de comunicación? Sé quién es. Glen lo conocía en persona, pero yo no llegué a verlo nunca.

—Tiene una hija que está buscando marido. Tanto ella como Stan creen que yo soy el hombre ideal. Yo no. Sin embargo, no quiero enemistarme con él.

—Cuestión de negocios, ¿no? —dijo Cat en voz baja, preguntándose por qué se sentía tan triste.

—Exacto —contestó él. Aunque seguía con las manos en el volante, ya no lo estaba apretando, sino que sus dedos tamborileaban encima. Nick, el que nunca pedía favores, estaba nervioso—. Francesca Barrington es una mujer muy testaruda, y sospecho que no dudaría en usar su influencia con tal de salirse con la suya. No creo que pueda convencer a su padre para que interrumpa las negociaciones que mantenemos, pero tampoco quiero darle la oportunidad. Me niego a casarme por obligación. Y me niego a atarme a ella para dejarla tirada después de firmar el contrato.

—¡No! —dijo Cat, horrorizada—. No puedes hacer eso.

—Me alegra que estemos de acuerdo en algo —comentó Nick con educación—. Necesito una prometida y creo que tú eres perfecta para el papel.

–¡No!

–Puede que tengas razón –dijo Nick, pensativo–. Un compromiso es demasiado formal. Será mejor una simple novia.

–¿Por qué yo? Sería... –Cat dejó la frase en el aire.

–¿Peligroso? –propuso él–. ¿Crees que sucumbiríamos a la tentación de acostarnos juntos?, ¿tan desastroso sería? –añadió con sarcasmo.

–¡Sí!, ¡sería un desastre absoluto! –explotó Cat, descompuesta.

–Si te da miedo que te fuerce...

–Tú nunca... No, eso no me da miedo –afirmó con seguridad.

–Algo es algo –murmuró Nick en tono desabrido.

No podía decirle que no confiaba en sí misma, en mantener las distancias con él. Nick sabía aprovecharse de las debilidades ajenas.

–¿Por qué no pagas a una actriz? ¿O se lo pides a una amiga?

–Necesito a alguien en quien pueda confiar –explicó Nick. Muy a su pesar, Cat se sintió halagada–. Parece que tienes mucho interés en el bienestar de tu protegida. Si actúas convincentemente, correré con los gastos de su operación. Si no, tendrá que esperar a que vuelvas a cobrar la pensión.

—Para entonces será demasiado tarde —protestó ella.

—Lo sé —contestó Nick—. Francesca no es tonta. Es imposible fingir que dos personas se sienten atraídas. Pero estando tú en mi casa, no habrá la menor duda. Y nos conocemos lo suficiente como para que la convivencia no sea un tormento.

Cat abrió la boca para hablar, pero no supo qué decir.

—Te mantendré mientras vivas conmigo —añadió él—. Y te ayudaré a encontrar un trabajo decente.

—¡Ni hablar!

—Los contactos son importantes en el mundo laboral —comentó Nick con cinismo—. Ya sabes, Cat: alguien habla con alguien. No te enchufaré, pero tendrás prioridad. Y no seguirás si no sabes desempeñar el trabajo.

—Yo no me presentaría a un trabajo para el que no esté capacitada —respondió ofendida.

—Perfecto —dijo Nick, algo impaciente—. ¿Entonces qué?, ¿aceptas o no?

—¡No puedo tomar una decisión tan rápidamente!

—Tienes que hacerlo —la presionó él—. Los Barrington vendrán dentro de una semana, así que tienes que mudarte cuanto antes, para que te muevas con total desenvoltura por mi casa.

–No me agobies –se resistió Cat–. Necesito pensármelo, Nick.

–De acuerdo, tienes esta noche –dijo, y salió del coche para abrirle la puerta.

Cat había dado por supuesto que la obligaría a tomar una decisión en ese mismo instante. De haberlo hecho, podría haberle dicho que no. Pero Nick no había insistido.

–No creo que ningún banco vaya a concederte ese dinero, aunque tengas el fideicomiso para avalar el préstamo –comentó Nick con frialdad–. Aunque qué te voy a contar: eso ya lo has intentado... Prométeme una cosa.

–¿El qué? –preguntó Cat con voz ronca mientras sacaba las llaves del bolso.

–Que no irás a un prestamista.

–Prometido –dijo mientras metía la llave en la cerradura y empujaba la puerta. Ya había sondeado a un par de prestamistas y estos se habían mostrado tan poco dispuestos a ayudarla como en los bancos, y habían sido mucho menos amables.

El vestíbulo había conocido tiempos majestuosos, pero el paso de los años y de los estudiantes de alquiler habían ido limando su gloria pasada.

–Buenas noches –se despidió.

–Te recogeré para comer mañana –dijo Nick.

–No –se negó ella.

–Está bien. Quedamos directamente en el restaurante Oberon, a la una. Tienen un marisco estupendo. Abre la ventana cuando subas para que sepa que has llegado.

–Oye, que esta es mi casa, no un tugurio de maleantes –replicó exasperada–. Buenas noches –añadió justo antes de darse la vuelta enfilar hacia las escaleras, subirlas y entrar en su dormitorio, pasando por encima de un sobre que alguien había introducido bajo la puerta.

Pero, al llegar a su habitación, abrió la ventana tal como le había pedido Nick. Abajo, una silueta oscura la saludó con la mano. Cat cerró entonces la ventana y lo observó desaparecer en la oscuridad de la noche con el coche.

La idea de mudarse a su casa, de hacerse pasar por su amante, era de lo más tentador. ¿Acaso le había tomado gusto al peligro durante su estancia en Romit?

Cat se duchó y se puso una de las amplias camisetas con las que solía dormir.

No, en Romit había estado en peligro; pero había sido su integridad física la que había estado expuesta, mientras que con Nick sería su corazón el que podría salir herido. Lo más sensato sería alejarse de él lo máximo posible.

¿Por qué no lo había superado todavía? El apetito sexual moría si no se lo alimentaba, y ella había luchado con todas sus fuerzas por matar de hambre esa química sexual.

Casi sin éxito. Cada vez que veía a Nick, despertaba en ella un deseo enraizado en lo más profundo de sí misma. En sus sueños, se había preguntado si el vínculo que los unía era amoroso; pero despierta sabía que no.

El amor suponía admiración y respeto y, aunque había aprendido a apreciar la inteligencia, la perseverancia y la integridad de Nick, sabía que este no la respetaba en absoluto.

Y, desde luego, no la admiraba.

¿Sería una ironía cósmica?, pensó mientras se abrigaba con la colcha de la cama, ¿o simple mala suerte que estuviera tan obsesionada con Nick? Quizá fuera un castigo por haberse casado con Glen sin amarlo de verdad.

Más tarde, cuando ya casi había conciliado el sueño, recordó el sobre que había visto bajo la puerta. Gruñó perezosa, se levantó, fue de puntillas por el sobre y regresó a la cama.

Era una carta del abogado del casero, en la que le comunicaban que habían vendido el edificio. Iban a demolerlo y, por tanto, tenían que desalojar a finales de la semana siguiente.

Cat miró la nota. Estaba impresa por ordenador, de modo que los demás estudiantes habrían recibido sendas comunicaciones idénticas. Ellos era universitarios y regresarían a sus casas, en diversos puntos de Nueva Zelanda, pero ella no tenía donde ir.

Y, para colmo de males, su trabajo en el restaurante finalizaría en breve, cuando la hija de Andreo regresara de la universidad de Dunedin.

Experimentó una fugaz crisis nerviosa, pero apenas duró unos instantes.

−¡Tranquilízate y piensa la manera de salir adelante! −se ordenó, desvanecida toda esperanza de dormirse.

La carta estrechaba sus opciones de modo considerable. Otro piso supondría adelantar dinero para la fianza. Cat había confiado en mantenerse en aquel piso gracias al trabajo de Andreo hasta asegurarse de que había aprobado los exámenes finales y empezar a mandar currículos.

¿Por qué no habría esperado un mes y medio más el condenado casero?

Conseguir un trabajo temporal en verano era muy complicado, pues los habitantes de Auckland se iban a las playas del golfo, pero quizá tuviera alguna posibilidad en la dársena de los yates. Y tal vez consiguiera algún puesto donde aplicar sus conocimientos de contabilidad. Al día siguiente, miraría la sección de ofertas de trabajo en el periódico.

Porque la otra opción era aceptar la oferta de Nick...

–Me las arreglaré –dijo con decisión. Pero sintió un escalofrío debajo de la manta, y se pasó la noche entera mirando el techo a oscuras, tratando de encontrar alguna solución a sus problemas.

Al final, decidió trasladárselos a su subconsciente, y se sumió en un ligero duermevela.

El subconsciente le falló. A la mañana siguiente, mientras desayunaba en la cocina antes de salir de casa, seguía sintiéndose como un animal arrastrado inexorablemente hacia una trampa.

La temperatura había subido por la noche. Durante las pocas horas que había conseguido dormir, había soñado con Nick. Habían sido sueños eróticos que aún encendían su piel.

Apuró el café y pensó que le iría bien para quemar energías. Necesitaba hacer algo, ponerse en movimiento; tal vez salir a dar un paseo, o, mejor aún, subir en bici una cuesta empinada... Pero no, antes tenía que comprar el periódico y encontrar trabajo.

Cat salió de la cocina que compartía con

los demás estudiantes de la misma planta y miró hacia abajo el descuidado jardín del patio interior del edificio. Un jardín que en el pasado habría sido un placentero lugar de recogimiento para sus dueños, y que desaparecería en unas pocas semanas.

Regresó a la cocina por un cuchillo y bajó a salvar un grupo de lilas, amenazadas por malas hierbas. Cortar los hierbajos no fue tarea sencilla y, a medida que el sol subía, Cat empezó a sudar.

«Sé lógica», se dijo mientras hacía una pausa. «Nick quiere que le hagas un favor, y está dispuesto a pagarte a cambio. Seguro que está convencido de que podrá seducirme de paso».

Convencimiento que estaba plenamente justificado. Nunca había conseguido resistirse a ese hombre.

Sintió un nudo en el estómago. La idea de ser amante de Nick le resultaba atrayente, peligrosa, excitante, seductora... Cuando terminó de arrancar hierbajos, se sentó y se secó la frente con el antebrazo.

—Puedo arreglármelas sola —se dijo.

¿De veras podía? Sobre todo, ¿quería arreglárselas sola? Tal vez nunca le hubiese caído bien a Nick, pero era evidente que este la deseaba tanto como ella a él. Vivir en la misma casa la dejaría impotente ante aquella atracción tan intensa. ¿Por qué no abandonarse a ella?

—Lo único que me lo impide es que llevo años luchando por quitármelo de la cabeza —le dijo a una inofensiva abeja que pasaba volando por ahí.

Se levantó y miró las lilas. Con el cálido clima de Auckland, los hierbajos no tardarían en volver a crecer; pero, por el momento, les había ganado la batalla.

Un movimiento cercano la hizo girar la cabeza y sonreír. Era una anciana vecina, que salía todas las mañanas a comprar el periódico.

—Veo que has liberado las lilas —comentó la mujer—. Me encantan las lilas, ¿a ti no?

—Sí, aunque no sé por qué me he molestado —contestó Cat—. Van a demoler la casa dentro de unas semanas y no quedará ni rastro de ellas.

—Es el calor, que está pegando muy fuerte —bromeó la anciana—. Ten cuidado o acabarás haciendo alguna locura. Claro que, ahora que lo pienso, tampoco me arrepiento de las locuras que he hecho. De lo que me arrepiento es de las locuras que no he hecho.

—¿Por qué no las hiciste? —preguntó Cat.

—Por cobardía.

—Pero, ¿y si luego te equivocas?

—Mejor eso que dejar pasar la vida por miedo a que te hagan daño —la mujer lanzó una radiante sonrisa a Cat—. Nadie con una cara tan bonita y vital como la tuya debe conformarse con ser mediocre. Exprime la vida, niña. Sácale todo el jugo que puedas. Y no te preocupes por esas lilas. En cuanto os hayáis marchado todos, las desenterraré y me las llevaré a casa. Estarán bien. Buena suerte, corazón. Echaré de menos tu sonrisa y tu precioso cabello pelirrojo —añadió, y echó a andar hacia la parada del autobús.

Cat echó los hierbajos en una papelera y volvió a la cocina. Limpió el cuchillo y se sintió preparada para ir a comer con Nick. Aunque no había tomado una decisión de modo consciente, sabía que aceptaría su oferta. Aunque el plan no funcionara, la situación no podía empeorar, se dijo con crudeza.

¿Y quién sabía? Quizá no fuese mal, pensó, mirándose al espejo esperanzada. Tal vez Nick descubriera que no era una oportunista codiciosa.

—Tú sueñas —murmuró escéptica.

Capítulo 4

NICK no estaba solo cuando Cat lo vio dentro del elegante restaurante que había elegido para comer.

Su acompañante, una mujer morena con un vestido negro que realzaba sus interminables piernas, se reía distendidamente mientras apoyaba una mano sobre la manga de la chaqueta de él.

Cat se quedó pálida. «¡No seas boba!», se regañó. Nick siempre estaba rodeado de mujeres bonitas.

No obstante, lo cierto era que se sintió más bajita que de costumbre. Se escondió detrás del tronco de un árbol que había frente a la cristalera del restaurante y, una vez a salvo, clavó la vista en el escaparate de una joyería.

Cat esperó. Se negaba a acercarse a Nick mientras siguiera hablando con otra mujer. Se fijó en un diamante e intentó no sentirse humillada porque hubiese quedado antes con otra.

—¿Cuál te gusta?

Su voz, suave y profunda, la sorprendió. La dejó helada. A través del reflejo del escaparate, vio que Nick se había situado detrás de ella. Y, de inmediato, deseó lanzarse a sus brazos, perder el control, dejarse llevar por aquella fuerza que no comprendía, pero que lo unía a Nick de alguna manera misteriosa.

—No me gusta ninguna —contestó tensa.

—¿Y por qué las miras con tanto interés entonces?

—No quería interrumpir tu conversación —replicó cortante. Luego, lanzó una mirada despectiva a un anillo especialmente llamativo.

—¿Tienes algo en contra de las joyas?

—Son pretenciosas.

—Pues a mí me parece que ese anillo quedaría espectacular en tu dedo. ¿Lo quieres?

Cat lo miró y captó la expresión calculadora de Nick.

Sintió una gota de sudor por la espalda. Como tuviera la desfachatez de pretender comprar sus favores con joyas, le pegaría donde más le doliera.

—No —contestó con decisión.

—Siempre podrías venderlo luego. Es el procedimiento habitual, ¿no? —la puso a prueba Nick.

—¿Cómo quieres que lo sepa? —contestó ella.

—¿Dónde tienes el anillo de boda de Glen? —le preguntó entonces Nick.

—¿A ti qué te importa? —respondió agresiva, girándose para mirarlo a los ojos. Lo había vendido para comprar medicamentos que habían salvado vidas en la pequeña clínica de Ilid.

Cosa que Nick había averiguado. Podía verlo en la expresión de su rostro. Cat bajó la vista, pero el movimiento de su potente torso al respirar no logró tranquilizarla. Se le antojó una amenaza. Bastaría con que se inclinara un poco para rozarse...

—Espero que hayas invertido bien el dinero que te han dado a cambio —la castigó Nick.

—¿Por qué me odias? —preguntó desesperada ella.

—No te odio. De alguna manera, hasta te admiro —afirmó Nick al cabo de unos segundos en silencio—. Has sabido sacar el máximo partido a tu encanto femenino.

—Me has despreciado desde el día en que me conociste —insistió Cat, la cual recordó la mirada distante, desapegada con que Nick la miró cuando Glen los presentó—. ¿Por qué?

—¿Que te he despreciado? No, puede que no me causases buena impresión —reconoció

78

Nick–. Pero solo necesité un segundo para desearte... En vano, por supuesto. Aunque todavía me pregunto qué habrías hecho si te hubiera ofrecido que te casaras conmigo –añadió, como si se sintiera dolido o traicionado.

–Habría dicho que no. Le había hecho una promesa a Glen.

–Ya... Y el pobre estaba tan embelesado contigo, que no se dio cuenta de que ibas detrás de su dinero –la insultó Nick–. Para cuidar de tu madre, de acuerdo; pero ibas detrás de su dinero.

La hirió que la acusase de ese modo, con tanta frialdad.

–Debe de resultarte un tormento que sigas deseándome a pesar de todo –contraatacó Cat.

–Sí –dijo él–. Y lo curioso es que tú también me deseas a mí. Es una situación interesante.

–Yo diría exasperante, más bien –matizó Cat, la cual sentía una necesidad cada vez más urgente de alejarse de Nick.

Dentro de la joyería, una mujer levantó la vista del mostrador. Cat tuvo la sensación de que había estado mirándolos con disimulo mientras limpiaba un cajón de anillos.

No, había estado mirando a Nick. Las mujeres no podían dejar de mirarlo. Su traje caro a medida no podía ocultar la energía que emanaba su cuerpo.

«Es mío», pensó celosa, de repente.

¿Por qué no aceptaba lo que le había ofrecido? ¿Qué podía perder? Si llegaban a tener una aventura, saciarían su apetito y se desvanecería aquella mutua obsesión... o descubrirían que eran almas gemelas.

Y, entonces, ¿qué haría?

Al menos lo sabría.

–¿En qué estás pensando? –le preguntó entonces Nick.

–En nada –Cat se encogió de hombros–. Bueno, sí: he tomado una decisión. Acepto tu oferta.

–¿Qué te ha hecho decidirte? –preguntó con frialdad.

No parecía sorprendido, ni aliviado, ni siquiera satisfecho. Su expresión seguía siendo indescifrable.

–No tengo otra opción –respondió, encogiéndose de hombros de nuevo.

–¿Fingirás ser mi novia a cambio de veinte mil dólares?

–Sí –contestó sin más. Y eso sería todo cuanto haría: fingir.

Porque, aunque la tentación de sucumbir y tener una aventura con Nick no podía antojársele más apetecible, sabía que saldría con el corazón destrozado. Nick era demasiado fuerte y le daba miedo que pudiera hacerle demasiado daño.

Miró de reojo un reloj de pared que había en la joyería y luego consultó el de su muñeca:

—¿No deberíamos irnos?

Nick no se movió. Cat quiso salir corriendo, doblar la esquina y desaparecer. Olvidarse de ayudar a Juana hasta recibir el siguiente pago anual de su pensión. Pero el orgullo la mantuvo en su sitio.

Un niñito se abalanzó hacia ellos. Iba riéndose, corriendo, y una mujer jugaba a perseguirlo. Cuando estuvo a la altura de ellos, se tropezó...

Nick reaccionó a la velocidad del rayo y agarró al niño antes de que se diera de bruces contra el suelo.

—No ha pasado nada —le dijo con delicadeza—. No llores —añadió al ver la expresión del pequeño.

Este se quedó mirando a Nick y se olvidó de llorar.

—¿Cómo te llamas? —le preguntó Nick mientras la madre del niño... no, la abuela... llegaba.

—Petey —susurró el pequeño, hipnotizado por la voz de Nick.

—Dale las gracias al señor —le dijo la abuela, sonriendo agradecida a Nick.

A Cat la conmovió su actitud. Nunca había visto a Nick con un niño y, de pronto, le pareció espantoso que no hubiese estado en contacto con ninguno mientras había estado con Glen. Sus amigos no tenían hijos y él tampoco había querido tenerlos. En cuatro años de matrimonio, no recordaba haber visto ningún niño en el lujoso chalé en el que habían vivido.

Con los ojos tan abiertos como los de Petey, vio cómo Nick le devolvía el niño a su abuela. Dijo unas palabras que hicieron reír a la mujer y luego se despidió del chiquillo sacudiendo la mano, esbozando una sonrisa que no se parecía a nada de lo que había visto de él. Estaba tan impresionada, que no podía respirar.

—¿Qué te pasa? —le preguntó él, de pronto.

—Nada —acertó a responder Cat—. Estaba recuperándome de lo velozmente que has reaccionado.

—Cuando creces pendiente de por dónde puede venirte el siguiente golpe, te acostumbras a reaccionar rápidamente.

—Lo... lo siento —se disculpó embarazada—. No lo sabía.

—Puedo considerarme afortunado. Tenía vecinos que me acogían cuando las cosas se ponían demasiado feas —contestó Nick—. Venga, vamos a comer.

Cat sintió una gigante ola de compasión, una rabia feroz hacia quien quiera que hubiera maltratado a Nick, al cual siguió sin rechistar.

Una vez en el restaurante, los acompañaron a una mesa ocultada por vegetación tropical y, después de elegir la comida, Nick pidió la bebida:

—¿Champán? —preguntó Cat cuando se hubo ido el camarero.

—¿Por qué no? Es la única bebida alcohólica que te he visto tomar.

Es la única que me gusta dijo ella, son riendo un poco.

El camarero quitó el corcho sin apenas hacer ruido y sirvió. Nick agarró su copa, miró a Cat a los ojos y dijo:

—Por el éxito.

Cat repitió el brindis y se preguntó a qué éxito se habría referido. El champán pasó con suavidad por su lengua, deliciosamente burbujeante a su paso por la garganta.

—Vas a necesitar ropa nueva, y un anillo —comentó Nick entonces.

—¿Qué?

—No un anillo de pedida, pero sí algo grande y caro, que dé a entender que entre nosotros hay algo. Y creo que deberías llevarlo en el dedo del anillo de pedida

–dijo él–. Puedes quedártelo cuando todo esto termine.

–No lo quiero –replicó Cat.

–Todavía no lo has visto.

–¿Y tú?

Una pregunta estúpida. Nick nunca dejaba nada a la improvisación.

–Sí, va a juego con tus ojos –contestó este–. Lo recogeremos después de comer.

A Cat se le había quitado el apetito, pero Nick empezó a hablar sobre carreras de yates y cuando llegó su ensalada de pollo, al menos se había calmado lo suficiente para seguir la conversación.

Glen le había dicho que Nick había sido un joven salvaje, sin pulir, pero ya no quedaba nada de la tosquedad a la que había hecho referencia su difunto marido. Su inteligencia natural, junto con la educación que Glen le había proporcionado, habían limado las bastedades de Nick.

–No necesito ropa nueva –comentó Cat mientras les servían el segundo plato–. Todavía tengo un par de vestidos decentes.

–Estarán pasados de moda –contestó Nick sin el menor tacto–. Francesca lo notaría. Tómatelo como si fueses a comprar un uniforme de trabajo.

Pero Cat no quería que le pagara su ropa.

–Si te preocupa el dinero, correrá todo de

mi cuenta –añadió él con desdén.

–No es eso. Sencillamente, no me parece necesario.

–Para mí sí lo es –insistió Nick–. Tenemos que cuidar todos los detalles.

–Te devolveré el dinero cuando consiga un trabajo –dijo Cat, viendo que no iba a poder disuadirlo–. Por cierto, ¿te has parado a pensar en que a Francesca podría darle igual que tuvieras una amante? A algunas mujeres no les importa; al contrario, redoblan sus fuerzas.

–Confío en que dejes claro que le sacas ventaja y no tiene nada que hacer –respondió Nick–. Yo te seguiré el juego. Y sé que puedes ser tan tenaz como ella. Por cierto, ¿dónde te compras la ropa? –preguntó de repente.

–En Pan. Es mi tienda favorita.

–Muy bien –dijo Nick, como si hubiese hecho aquello miles de veces–. Pues iremos a Pan después de comer.

Cuando llegaron a la tienda, la dueña la recibió con entusiasmo no fingido y tomó buena nota del hombre que la acompañaba.

Nick le dijo que la recogería en un par de horas. Ella asintió con la cabeza, sonrió y se preguntó qué debía hacer a continuación.

Entonces, Nick se agachó y le dio un beso en los labios antes de darle su tarjeta de crédito a la dueña de la boutique. Después, se despidió.

De modo que así era como los hombres trataban a sus amantes. Con cierto sentimiento de degradación, Cat se giró hacia un vestido de satén escarlata.

–No te favorece; no con ese pelo castaño rojizo tan maravilloso que tienes –comentó la dueña–. Creo que este te sentará mucho mejor –añadió mientras apuntaba hacia un vestido de gala marrón rojizo.

–Demasiado elegante. Es para la celebración de la Dempster Cup.

–Sé exactamente lo que necesitas –aseguró la mujer con jovialidad–. Vas a estar preciosa, ya lo verás.

Cat escogió con mesura, compró prendas deportivas que no podría utilizar en su carrera profesional, y dos vestidos de noche. En el departamento de zapatería, eligió calzado que conjuntaba con la ropa.

–Has cambiado –comentó la dueña al final–. Tienes mucho más estilo.

–Gracias.

La puerta se abrió y Nick apareció. Sonrió a Cat, la cual se quedó blanca, sin respiración. Algo excitante brillaba en sus ojos, estremeciéndola.

–¿Has terminado? –preguntó él con voz ronca, afectado también por la presencia de Cat.

–Sí, gracias.

—¿Cuándo estará lista? —quiso saber Nick, apuntando hacia las bolsas de la ropa.

—Podéis llevárosla directamente —dijo la dueña con alegría—. Tiene un cuerpo tan bonito que todo le sienta bien. No hace falta que ajustemos nada.

—Entonces vámonos —concluyó Nick, el cual se estaba comiendo a Cat con la mirada.

Entraron en un coche con un chófer de mediana edad, que salió a abrirles la puerta y a meter las bolsas de la compra en el maletero.

—¿Cuándo puedes dejar de trabajar en el restaurante? —le preguntó Nick a Cat, después de haber tomado los dos asiento y de haberle indicado una dirección al conductor.

—La hija de Andreo volverá dentro de poco.

—O sea, que solo es un trabajo temporal —Nick frunció el ceño.

—Sí.

—¿No puedes irte antes?

—Le prometí que me quedaría hasta entonces —contestó Cat, negando con la cabeza.

—¿Estás haciendo algo por encontrar un trabajo mejor?

—He mandado mi currículum a todas partes —respondió ella—, pero nadie está dispuesto a contratarme mientras no tenga el título de contable. Además, las vacaciones están al caer.

Nick asintió con la cabeza y ambos charlaron sobre sus planes como dos meros conocidos... siempre y cuando no se tuviera en cuenta la tensión sexual que había entre ellos. Nick le hizo un par de sugerencias útiles y Cat las estaba apuntando en un cuaderno cuando el coche se detuvo frente a un edificio, en una callejuela del centro.

Una vez afuera, Nick la tomó por el codo y la condujo por la estrecha calle hacia la entrada del edificio. En la segunda planta, después de pasar diversos controles de seguridad, llegaron a una joyería.

Cat miró a su alrededor con un interés que pronto se trocó en respeto y admiración. El diseñador tenía un gusto personal exquisito, aunque ninguna de las joyas tenía precio.

—¡Nick! —lo saludó una mujer entonces.

Cat se sintió traicionada al ver que se trataba de la misma mujer a la que había visto hablando con Nick dentro del restaurante.

—Catherine, te presento a Morna Vause, una vieja amiga.

Cat le tendió la mano, pero Morna ya se había girado, así que la retiró.

—El anillo está aquí –dijo esta mientras abría una pequeña caja fuerte. Sacó un estuche, lo puso en el mostrador y se dirigió a Cat en tono desafiante–. Nick y yo crecimos juntos, vivíamos puerta con puerta en la peor calle de Auckland. Salí adelante gracias a él. Es la clase de hermano mayor que toda mujer debería tener.

«Aquí pasa algo raro», pensó recelosa Cat. ¿Sería Morna Vause una amante despechada? No, Nick no era tan torpe. Morna debía de pertenecer a la familia que lo había acogido cuando las cosas se ponían feas en su casa. Parecía tener la misma edad que él.

Cuando Morna se echó hacia adelante para mirar los ojos de Cat, esta aguantó sin girar la cabeza, aliviada cuando la mujer se retiró y dijo:

—Tenías razón, Nick. Son del mismo color. Ahora, si me disculpáis, estaba atendiendo una llamada en el despacho.

Desapareció. Nick abrió la cajita, dentro de la cual relucía un anillo con una piedra azul rodeada de diamantes, delicados, pero no frágiles. Mientras él sacaba el anillo, Cat estiró la mano.

—Mírame –le pidió Nick después de habérselo puesto en el dedo–. Será mejor que hagamos lo que Morna está esperando –añadió sonriente, justo antes de bajar la cabeza.

Tomó sus labios en un beso posesivo. Cat no pensó en resistirse, no pensó en nada en absoluto.

—Es como tú —murmuró Nick después de poner fin al beso—. Atípico, especial —añadió al tiempo que le alzaba el dedo para besarle el anillo. Luego, le dio la vuelta a la mano y posó los labios sobre el monte bajo el pulgar.

Cat contuvo la respiración. Algo salvaje y erótico la atravesó al notar sus dientes sobre su piel. Retiró la mano y lo miró con ojos asombrados.

—¿Qué piedra es? —preguntó cuando recuperó la voz—. ¿Un zafiro?

—Tanzanita —le informó Nick.

El suave abrirse y cerrarse de una puerta hizo que Cat levantara la cabeza. Imaginó que Nick retrocedería, pero permaneció a su lado… poniendo a prueba sus nervios.

—Solo se encuentran en una mina de Tanzania. Y creo que ya que no quedan —Morna la miró con velada curiosidad—. ¿Te gusta?

—Es preciosa.

—Creo que le gusta —dijo Morna, riéndose, después de girarse hacia Nick.

—Seguro que sí —contestó este con frialdad—. Has hecho un trabajo estupendo.

—Siempre a tu disposición, Nick —repuso la mujer con una extraña sonrisa, pero en tono profesional—. Te sienta de maravilla,

Catherine. Claro que Nick siempre ha tenido un gusto increíble.

–Gracias –murmuró él en tono de advertencia.

–Lo digo en serio –Morna se encogió de hombros.

–¿Por qué no le has pedido a ella que haga esto? –le preguntó Cat una vez de vuelta en el coche.

–¿El qué?

–¿Qué va a ser! –exclamó irritada–. Fingir que es tu amante.

–Porque no nos deseamos sexualmente –respondió con crudeza–. Tenemos una relación como de hermanos, y se notaría –añadió al tiempo que la derretía con los ojos.

–Esto es una locura –dijo con un hilillo de voz, después de bajar la cabeza hacia el anillo.

–¿Se te ocurre una idea mejor?

Cat se mordió el labio inferior, porque, evidentemente, no se le ocurría nada.

–Este anillo es demasiado personal –murmuró.

–Es que el anillo que uno le da a su novia tiene que ser personal.

–Un diamante habría sido más apropiado –protestó Cat sin mucha convicción.

Al ver que Nick no respondía y seguía penetrándola con la mirada, trató de distraerse del dulce calor que iba apoderándose de su vientre.

–¿Por qué?, ¿porque son más convencionales? Quiero dejar claro que todo en nuestra relación es extremadamente personal –contestó por fin–. Francesca es tan astuta como tú y es capaz de leer matices entre líneas. Si queremos engañarla, tenemos que ofrecerle algo mucho más intenso que la típica aventurilla. No estaremos prometidos, pero estamos obsesionados el uno con el otro. Se le tienen que quitar las ganas de intervenir siquiera.

–¿Obsesionados? –preguntó Cat–. ¿Y qué pasa con el amor?

–Creo que Francesca cree en el amor tanto como yo –respondió Nick con ironía–. Tanto como tú, Cat. El amor es para los ingenuos que todavía creen en el romanticismo y los finales felices para siempre jamás.

Cat disimuló un escalofrío.

–No voy a dormir en la misma habitación que tú –dijo sin rodeos.

–No lo he sugerido.

–¿Y se puede saber dónde voy a dormir? –preguntó exasperada.

–Mi casa tiene un salón que puede convertirse en dormitorio –Nick le agarró las manos–. Hay dos baños, así que no tendrás que preocuparte de si te cruzas conmigo en la ducha.

¿Sabría que estaba derritiéndose por dentro, consumiéndose de pasión por él? Cat trató de liberar sus manos, pero Nick las retuvo prisioneras.

–Creía que vivías en el apartamento –murmuró ella.

–Lo uso cuando tengo que hacer noche en el centro de Auckland. Pero mi casa de verdad está al norte –Nick le levantó las manos y le besó una muñeca primero, y luego la otra.

Luego, la miró con un brillo divertido y satisfecho antes de soltarla. Nick sabía que podía encender su deseo con una sola caricia, y usaría ese poder si era necesario.

Le resultaba humillante reconocerlo, pero Nick podía sortear todas sus barreras, desnudarla y hacer que se sintiera vulnerable.

–No… no voy a hacerlo –decidió Cat, que no estaba dispuesta a perder la confianza y la seguridad que tanto le había costado adquirir.

–Así se habla, cobarde –dijo Nick con tono desdeñoso–. Ya me imaginaba que no eras capaz de sacrificarte por esa niñita de Romit. ¿Para qué querías el dinero en realidad, Cat? –añadió implacable.

Cat recordó que, además de valerse de su

inteligencia y desenvoltura, también había tenido que luchar y ser agresivo para alcanzar la posición a la que había llegado.

Se acordó de cuando Glen le dijo que, debajo de aquella fachada tan elegante, Nick siempre sería una fiera, exigente, inmisericorde.

—¿Para qué crees que iba a necesitarlo? —lo desafió, no obstante, herida en su orgullo.

—Con veinte mil dólares se pueden hacer muchas cosas: pagar deudas, comprar droga...

—¿Qué?

—¿Es eso? —Nick trató de hipnotizarla con sus ojos ambarinos.

—No —contestó Cat, disimulando su decepción por que hubiera sospechado tal cosa de ella—. Nunca me he drogado. Y haz el favor de parar el coche y dejarme salir ahora mismo.

Miró hacia el chófer, pero este no debió de oírla, debido al cristal que dividía la parte delantera de los asientos de atrás.

—Está bien, te creo —dijo Nick por fin—. ¿Por qué te has echado atrás de pronto entonces?

No podía decírselo. Si Nick averiguaba lo indefensa que se sentía ante él, ante sus propios deseos, no vería razón alguna para no aprovecharse de ella.

—Es una farsa de pésimo gusto —contestó airada—. Seguro que tu amiga no te pondrá pegas para que se lo devuelvas —añadió, mirando el anillo.

—Eso no sería problema, no —dijo Nick—. Y sí, es una farsa, pero Francesca es una contrincante muy dura y esto es la guerra.

—Suena como si fuese un monstruo.

—En absoluto. Me cae bien —contestó él—. Es inteligente, entretenida y sabe lo que quiere, pero le gusta el riesgo. Por desgracia, yo no quiero casarme con ella. Acabaríamos matándonos.

—Odio decir mentiras —insistió Cat.

—No tendrás que decir ninguna —repuso Nick con calma.

—Tendré que interpretarla.

—Decídete, Cat: sí o no... Ahora —la presionó al verla dudar.

Juana, pensó Cat, pesarosa. Tenía que hacerlo por ella.

—Juana necesita que la operen lo antes posible —contestó al cabo de unos segundos.

—Mandaré a la clínica la mitad del dinero inmediatamente, y la otra mitad en cuanto los Barrington vuelvan a Australia.

—Quiero un contrato —exigió ella—. O... bueno, algo.

—Tranquila, le diré a mi abogado que lo redacte —Nick echó mano a su maletín y sacó una agenda electrónica–. Puedes comer conmigo mañana y ver el contrato con tus propios ojos.

–De acuerdo –convino Cat. Luego, se sacó el anillo–. Será mejor que cuides tú de esto.

–Como quieras –aceptó Nick, el cual se guardó el anillo en el bolsillo de la camisa. No intercambiaron una sola palabra más hasta que llegaron a casa de Cat. Nick salió sin esperar a que el chófer le abriera la puerta–. Haré que te pasen a recoger mañana a mediodía –le comunicó.

–Muy bien. Gracias por la comida –dijo Cat con educación–. Ha estado deliciosa.

–Gracias –replicó él con idéntica cortesía.

Cat se dio la vuelta y se alejó del coche. Entró en su edificio y subió las escaleras.

Luego se puso unos vaqueros, una camiseta y dio un par de vueltas por su habitación antes de sentarse en su mesa de trabajo. Agarró un libro de texto y leyó en voz alta su título. Lo devolvió a su sitio, apoyó los codos en la mesa y se sujetó la cara con las manos.

Glen no había querido que fuese a la universidad. Se había opuesto, se lo había prohibido incluso en un principio, y solo había accedido al comprender que no podría detenerla. Aun así, siempre se había mostrado en contra de aquella decisión y le había puesto todas las trabas posibles.

Cuando su madre le había preguntado por qué estaba tan decidida a seguir estudiando y disgustar a Glen, no había sido capaz de dar con una respuesta sincera.

Pero ya la había encontrado: había usado sus estudios para no pensar en el error que había cometido casándose con él.

Y estaba a punto de cometer un error mucho mayor. Al menos, debería tener siempre presente que, por mucho que la desease, Nick la despreciaba.

Capítulo 5

AL día siguiente, antes de que llegar el coche, Cat se había pasado una hora decidiendo qué ponerse, hasta decantarse por unos pantalones estrechos con una blusa de seda estilo oriental que había encontrado en los mercados de Ilid antes de la rebelión.

No era lo más adecuado para comer en un restaurante, pero era lo único que tenía aparte del vestido azul, y no iba a ponérselo de nuevo.

Se miró al espejo y el reflejo no la satisfizo, pues los verdes y azules tristones de la blusa realzaban sus ojos y la claridad de su piel.

Aunque daba igual, porque lo último que quería era alimentar la faceta sensual de Nick. Eso solo complicaba las cosas.

Cat se obligó a no prestar atención a la presión que sentía en el pecho, agarró el bolso y bajó corriendo al coche.

El chófer le dio las buenas tardes, le abrió la puerta trasera y la cerró después de que Cat entrara. El golpe al cerrar sonó como un portazo de una prisión.

«¡Por Dios, no seas dramática!», se recriminó. Luego se puso el cinturón de seguridad, se apoyó sobre el respaldo y relajó los músculos de la cara.

Pero no tardó en quedarse asombrada al advertir, minutos después, la dirección que habían tomado. ¿Acaso iban a comer en la Costa Norte?

No, el coche siguió recto por la autopista, alejándose de Auckland.

—Disculpe —preguntó Cat cuando logró familiarizarse con el sistema de comunicación con el chófer—, ¿adónde vamos exactamente?

—A casa de Nick... del señor Harding, señora —respondió el conductor.

—Ah... pensaba que comeríamos fuera.

—Lo siento, señora. Creía que lo sabía.

—No importa —Cat dudó un instante antes de añadir—: Por favor, no me llame «señora». No estoy acostumbrada.

—De acuerdo —contestó él, pero a Cat le pareció ver que esbozaba el asomo de una sonrisa.

Satisfecha, volvió a recostarse y miró atenta por la ventanilla. Quizá sí se lo había dicho... pero no; en tal caso, lo recordaría. Porque recordaba todo lo que Nick le había dicho con esa voz profunda, fascinante, fogosa...

Por otra parte, era lógico que quisiera enseñarle la casa en la que se suponía que iban a convivir.

Temporalmente, se recordó con severidad, reprimiendo un brinco involuntario del corazón.

Y, de pronto, los párpados empezaron a pesarle y se quedó dormida.

Nick había pasado la mañana entera trabajando en el despacho. Había pensado permanecer allí cuando Rob llegara con Cat, pero al oír el coche aparcar abandonó el contrato que le había pedido a su abogado y salió a recibirla a la entrada.

Rob apagó el motor y se llevó un dedo a los labios antes de abrir su puerta y bajar. Nick miró extrañado y vio a Cat con la cabeza ladeada sobre el asiento trasero.

—Se quedó dormida antes de tomar la desviación de la autopista —murmuró Rob, sonriente, con cuidado de no dar un portazo al cerrar.

Nick se acercó. Le costaba respirar. A pesar de estar dormida, el esbelto cuerpo de

Cat no dejaba de resultarle incitante y provocativo. Entonces se le ocurrió que sería estupendo verla así en la cama, pero en seguida se obligó a no seguir albergando pensamientos tan peligrosos. Con todo, jamás había deseado a una mujer como la deseaba a ella...

Y Cat era igual de vulnerable. Cada vez que la tocaba, respondía con la misma pasión que endurecía su cuerpo al recordar la fogosidad de los besos que habían compartido.

Acabarían abrasándose.

Pero, cuando solo quedaran cenizas, ¿serían capaces de seguir adelante con sus vidas? Porque aquellos dos últimos años no habían sido más que un dejar pasar el tiempo... No, en realidad llevaba así seis años, desde que la había visto con el anillo de pedida de Glen.

Nick abrió la puerta con sigilo y se inclinó para quitarle el cinturón de seguridad.

Era la frustración de haber tenido que contenerse tanto tiempo lo que lo tenía tan obsesionado con ello; de modo que una vez que saciara su apetito, podría librarse de Cat. Por supuesto, se ocuparía de que consiguiese un buen trabajo y dejara de hacer noches en restaurantes de segunda clase. Sabía de qué hilos tirar y, en cuanto la tuviera colocada, se olvidaría de ella.

Cat no se despertó, de modo que pasó los brazos bajo su cuerpo y la levantó en brazos. Parecía estar hecha a la medida de su abrazo. Su esbelto cuerpo era tan leve que pudo ponerse firme sin esfuerzo alguno.

Se olvidó del resto del mundo y la absorbió: registró el brillo de su cabello iluminado por el sol, su piel blanca y cálida, aquellos párpados de largas pestañas que cubrían sus exóticos ojos seductores... Unos ojos que encerraban prometedores secretos.

Un pequeño movimiento rompió el hechizo. Giró la cabeza y vio al conductor a su lado.

—Yo meto su bolso —dijo Rob.

—Gracias —Nick echó a andar hacia casa, desgarrado por un violento deseo.

Cat movió la boca, esbozó una media sonrisa y murmuró algo.

Le entró un ataque de celos. ¿Había dicho Glen? No, no había sido más que una sílaba sin sentido, el sonido que cualquier mujer haría al despertar en brazos de un hombre.

—Cat —la llamó él con suavidad. Esta giró la cabeza sin abrir los ojos y la apoyó contra su torso. Aquel movimiento infantil despertó en Nick una mezcla de ternura y miedo... ¿Pero por qué podía tener miedo de ella?—. Venga, Cat, despierta.

Esta emitió otro gemido seductor, incomprensible. Luego empezó a despertar y lo miró tratando de reconocer quién era. Cuando lo hizo, Nick la notó ponerse tensa.

Cat quiso morirse. Estaba en brazos de aquel hombre cuyo aroma intransferible amenazaba con hacerla perder el conocimiento; aquel hombre cuya ardiente piel provocaba una reacción tan involuntaria como primitiva en su cuerpo.

—Ya estoy despierta —murmuró—. Puedes bajarme.

Nick esbozó una sonrisa divertida y la posó sobre el suelo, pero no la soltó hasta asegurarse de que se tenía en pie por sí sola. Por suerte, el conductor apareció para romper la tensión del momento.

—Gracias —dijo ella, dedicándole una sonrisa trémula, cuando Rob le entregó el bolso—. Apuesto a que no esta acostumbrado a que la gente use su coche como un dormitorio.

El chófer le devolvió la sonrisa.

—Pareces agotada —comentó Nick, preocupado—. ¿Has estado despierta toda la noche?

—Me acosté a medianoche —respondió Cat.

Pero apenas había dormido. Y la noche anterior también la había pasado casi en vela.

–Necesitas comer algo –dijo Nick, instándola a subir unas escaleritas–. Bienvenida a mi casa.

–No sé por qué, pero pensaba que vivías en la costa –dijo ella.

Por contra, la casa daba a un terreno muy extenso de tierra cultivable, enmarcado por una cordillera de colinas en el horizonte. Era un edificio grande, moderno y bonito, con muchas ventanas y varias plantas. Pero, para plantas, la vegetación que había alrededor.

Era un lugar de ensueño. Agradable a la vista, la casa poseía, al mismo tiempo, de alguna sutil manera, la fuerza y la complejidad del carácter de Nick. No faltaban los jardines, ni pastos con ganado. Era como un paraíso de serenidad y buen gusto.

¿Habría pensado Nick en tener descendencia, en encontrar una esposa que pudiera dirigir la casa y lo ayudara a llenarla de hijos?

–Era mi idea –contestó él por fin–, pero cuando vi esto supe que era lo que de verdad quería.

–Es preciosa –dijo Cat sin apenas voz, atenazada por una extraña sensación de bienestar, de bienvenida a un hogar acogedor.

Nunca había sentido nada parecido.

Aunque sí, le recordó la memoria con impertinencia: la primera vez que viera a Nick.

La enorme puerta de entrada dio paso a un vestíbulo de baldosas italianas. El sol se filtraba, iluminando una pared en la que colgaba una gran fotografía del valle.

–Tuve un buen arquitecto –dijo Nick–. Philip Angove.

Lo conocía. Era un arquitecto famoso, que solo diseñaba casas de gente que le caía bien.

–Estoy seguro de que le indicaste exactamente lo que querías –comentó de todos modos Cat.

–Me conoces bien –respondió Nick, alzando las cejas con cierta arrogancia.

¿Se habría acordado de cuando ella le había dicho que no la conocía?

Cat se acercó a la pared para inspeccionar la fotografía del valle con más detenimiento. Fue entonces cuando descubrió que no era una foto, sino un cuadro al óleo. Algo en la técnica le resultó familiar y, de pronto, se acordó del desnudo que había en la pared del despacho de Nick, de la mujer que tenía el mismo color de pelo que ella.

–¿Quién lo ha pintado?

Nick le dio el nombre.

–Parte de la realidad para transformarla a su gusto.

Se fijó de nuevo en el cuadro y, aunque

parecía ofrecer una vista realista del valle, encontró un castillo oscuro justo donde se alzaba la casa de Nick. En las murallas había dos personas de pie: un hombre con armadura y una mujer cubierta con una capa.

Sintió un escalofrío.

—¿Te apetece darte una ducha antes de comer? —le preguntó Nick con cortesía.

—No, gracias. Pero sí me gustaría lavarme la cara.

—Hay un lavabo en este pasillo —le indicó él.

Una vez encerrada en el austero lujo del cuarto de baño, Cat se echó un poco de agua en las mejillas, se peinó y se aplicó carmín en los labios. Al salir, recuperado en parte el aplomo, se encontró a Nick esperándola en la puerta.

—¿Ya te has vuelto a poner todos los escudos? —preguntó este con una sonrisa irónica que no suavizó la expresión de su cara—. Hace buen tiempo, así que le he pedido a la señora Hannay que ponga la mesa del jardín —añadió sin darle tiempo a contestar.

Una terraza se extendía por detrás de la casa hasta llegar a una piscina. Una cortina de agua caía por uno de sus extremos, dando a un jardín hundido en la tierra, en el que se encontraban la mesa y dos sillas resguardadas del sol.

Después de bajar unos escalones, Cat miró asombrada aquel inesperado jardín:

–Jamás habría imaginado que aquí había un barranco.

–No es natural. No sé por qué, alguien cavó este hoyo el siglo pasado. Mi primera intención fue cubrirlo con la piscina, pero la mujer que diseñó el jardín...

–¡Apuesto a que fue Perdita Dennison! Hace cosas estupendas con el agua –la interrumpió Cat, la cual se preguntó qué le habría parecido a Nick aquella bella y alta supermodelo. Sea como fuere, Perdita y su marido Luke tenían fama de ser un matrimonio muy feliz.

–Me convenció para que pusiera el jardín aquí y acercara la piscina a la casa. Ella fue la que me sugirió que pusiese gardenias y jazmines. La verdad es que fue una buena idea.

–Una idea estupenda –reforzó Cat, entusiasmada con aquel rincón–. Es perfecto. Me encantan esos cidros, y cómo combinan los naranjos con las macetas de terracota.

–Parece que entiendes de jardines.

–Supongo que me viene de familia –Cat se encogió de hombros–. A mi padre le encantaban también.

–¿Cómo murió, Cat?

Esta metió los dedos en un canal que recogía el agua que caía de la piscina, dirigiéndola a ambos lados del jardín.

–En un estúpido accidente de tráfico. Estaba conduciendo por la carretera y un vecino lo arrolló con un tractor que salía de una carretera secundaria. Mi padre no lo oyó llegar, por culpa de un camión que pasaba. El golpe hizo que el coche de mi padre se estrellara contra el camión.

–¡Vaya! –dijo Nick. No fue muy expresivo, pero sonó amable–. Tu madre me dijo una vez que te culpabas de su muerte.

–Había olvidado un ingrediente para la cena que quería hacer esa noche –Cat sacudió la mano y vio el agua resbalar por la punta de sus dedos–. Me puse tan pesada que mi padre salió a comprármelo…

–No puedes echarte la culpa por eso.

–No es lógico, ¿verdad que no? –contestó ella–. Pero yo nunca he sido muy lógica –añadió con voz apenada.

–Y luego conociste a Glen –dijo Nick con voz neutra y Cat asintió con la cabeza–. ¿Dónde?, ¿y cómo?

–Choqué contra la parte trasera de su coche en el aparcamiento del supermercado –reconoció ella mientras tomaba asiento en un banco situado frente a la mesa y las dos sillas–. Me llevó a casa, porque no podía parar de llorar... Fue muy amable –añadió en tono desafiante.

–Entiendo –murmuró Nick en tono neutro.

–Perdita Dennison es una artista –dijo Cat entonces, retomando la anterior conversación–. Ha conseguido que el jardín se parezca a ti.

–Me siento halagado –contestó Nick, aunque en tono aburrido, invitándola a ir a la mesa–. Venga, vamos a comer. ¿Por qué dices que se parece a mí?

–Es una mezcla de orden, control y exuberancia salvaje –respondió con las mejillas enarcadas.

Sobrevino un silencio apenas roto por el zumbido de las abejas. Al cabo de unos segundos, Nick habló con un tono lacerante como un látigo.

–Un interesante resumen de mi carácter. No sabía que coincidías con esas mujeres que creen que por haberme criado en uno de los barrios más pobres no estoy totalmente civilizado –comentó disgustado–. A algunas hasta las excita.

–Me da igual lo que las demás mujeres piensen de ti –afirmó Cat, alzando la barbilla–. Sea como fuere, si diste el visto bueno al diseño de este jardín, será porque te gusta.

–Quizá quería ponerme a prueba... o

presumir –sugirió Nick mientras corría una silla para que Cat tomase asiento.

–¿Tú?, ¿Nick Harding? –dijo ella, echándose a reír–. A ti te da igual lo que los demás piensen de ti. Y ya te has puesto a prueba más que de sobra.

–¿En cuestiones económicas, quieres decir? –preguntó con sarcasmo.

–Eso también –concedió Cat con fiereza–. Pero te ganaste la confianza de Glen, y aprendiste a tener fe en tus posibilidades.

Un nuevo silencio los envolvió, pero este parecía esconder algo ominoso. Después de un momento de tensión, Cat desvió la mirada del ambarino escrutinio de Nick y se concentró en el mantel, de un azul tan oscuro que casi era negro. Encima había unos platos blancos sencillos y un ramo de margaritas amarillas y blancas en un jarrón verde de cristal, que relucía, iluminado por el sol, al igual que los cuchillos y los tenedores.

Parecía sacado de una revista de diseño, pensó Cat. Era un ambiente campestre y distinguido al mismo tiempo…

De pronto, apareció una mujer con una bandeja en la parte alta de las escaleras. Nick se levantó, le tomó la bandeja y la acompañó hasta la mesa, donde realizó las presentaciones pertinentes. La señora Hannay, la asistenta de Nick, era una mujer bajita, regordeta, de unos cuarenta años, con cejas que se juntaban encima de la nariz, una barbilla pronunciada y una sonrisa sorprendentemente dulce.

El plato que había preparado hizo que Cat salivara al instante: una sopa verde de espinacas, salteada con queso azul y nuez moscada.

—¡Está deliciosa! —exclamó después de varias cucharadas, mientras partía un trozo de pan—. Tienes mucha suerte. No es fácil encontrar buenas cocineras.

Antes de empezar a comer, Nick le había preguntado si quería beber vino, pero Cat había declinado el ofrecimiento, intrigada con un hueco que había en una de las paredes, con vasos y una nevera.

—Es una especie de frigorífico —dijo Nick mientras sacaba dos botellas de agua helada—. Así, la señora Hannay se ahorra tener que estar bajando y subiendo las escaleras.

—Aquí todo es vegetación —comentó entonces Cat, después de dar un sorbo de agua—. En Romit solo había tierras áridas, calientes y resecas, y luego llegaba el monzón y todo se empapaba y embarraba.

—¿Presenciaste algún enfrentamiento? Dime la verdad —añadió al verla dudar.

—No sé si llamarlo enfrentamiento —contestó Cat—. Un par de asaltos, más bien.

—¿Te hicieron daño?

—Unos vecinos nos avisaron de que venían los rebeldes y pudimos escondernos. Las fuerzas encargadas de mantener la paz impidieron que entraran en la zona, pero tuvimos que atender bastantes refugiados y soldados heridos —contestó. Muchos de los cuales, acabaron muriendo.

—¿Por qué no te fuiste cuando se marcharon tu amiga y su padre? ¡Más que valor fue una estupidez! —exclamó furioso Nick—. Vete a saber lo que podría haberte ocurrido si el mundo no hubiese decidido de una vez por todas que ya estaba bien y que había que parar aquella guerra.

—No me quedé para dármelas de heroína. Ni siquiera porque pensara que pudiera ser de ayuda en la clínica. Juana ya había nacido... No fui capaz de abandonarla.

—¿Aun a riesgo de poner en peligro tu vida? —preguntó Nick con esa expresión desquiciantemente indescifrable.

Cat se mordió el labio inferior. Lo cierto fue que tardó en comprender que su presencia allí suponía una constante preocupación para las monjas de la clínica y los vecinos.

—Estaba a mi cargo —repitió con testarudez, negándose a reconocer que tal vez había cometido un error.

Nick debió de darse por satisfecho, pues cambió de tema y pasó a hablarle de un encuentro que había tenido la tarde anterior con un hombre conocido por sus excentricidades.

Bastante antes de terminar la sopa, el seco sentido del humor de Nick la hizo reír, y la mantuvo riéndose toda la comida. Era, pensó con una sensación embriagadora, como si el agua mineral hubiese sido champán, un hombre estimulante, provocativo, chispeante, que la obligaba a pensar con rapidez para seguir sus bromas.

Después de comer y de que la señora Hannay retirara la mesa, Cat se levantó y se quedó mirando la vegetación del jardín, lamentando que aquella encantadora hora que acababa de compartir con Nick hubiese terminado.

—Ha habido un cambio de planes —dijo este entonces sin más preámbulos—. Te mudas a mi casa mañana.

—Imposible —contestó ella—. El restaurante...

—Ya has trabajado todo lo que tenías que trabajar en ese sitio —atajó Nick con firmeza.

—Prestarme dinero no te autoriza a darme órdenes como si me hubieses comprado.

—No sabía que fuese un préstamo —contestó él con crueldad—. Pensaba que te había comprado —añadió hiriente.

—¡Ni lo sueñes! —espetó Cat—. Te devolveré el dinero en cuanto pueda.

–Ni hablar –respondió Nick con frialdad–. El contrato que tú misma quisiste que redactara estipula que tu ayuda en este... proyecto, te exime de cualquier deuda económica. Pero yo decido cuándo empiezas y cuándo acabas. Y empiezas ahora.

Cat contuvo las ganas de oponerse e insultarlo incluso por arrogante. Nick no necesitaba amenazarla siquiera. Sabía que, si ella se resistía, Juana tendría que esperar para su operación.

–He llamado a Andreo y le he dicho que no vas a volver –le comunicó él.

–¡Pues ya puedes ir llamándolo y decirle que te has equivocado!

–Me he ocupado de conseguirle otra camarera que te reemplace –añadió inflexible Nick.

–No necesitará otra camarera, porque yo estaré en el restaurante.

–Trabajas demasiado. Hoy mismo te has quedado dormida en el coche.

–Me he dormido porque... –Cat se mordió la lengua. Se negaba a confesar que había estado cansada porque se había pasado la noche anterior fantaseando con él. Así que se salió por la tangente–. Que acceda a participar en este plan no significa que puedas tomar el control de mi vida, ¿está claro? Ni siquiera he firmado el contrato todavía. No tenías derecho a actuar a mis espaldas.

La señora Hannay apareció en las escaleras que conducían a la casa.

—Te llaman al teléfono, Nick —le anunció con discreción, como si no acabara de interrumpir una acalorada discusión—. ¿Contestas aquí o en casa?

—Disculpa —le dijo a Cat, todavía enfurecida, antes de dejarla echando humo.

Cat subió las escaleras malhumorada. ¿Quién demonios se creía que era para ir organizándole la vida?

Luego se paró. Debía serenarse. Por el bien de Juana, tendría que soportar aquella desagradable tiranía.

—Tienes razón —le dijo de pronto Nick, pillándola por sorpresa—. Debería habértelo consultado antes.

Cat se quedó boquiabierta.

—Entonces dile a Andreo que voy a volver —lo desafió.

—No —zanjó él con arrogancia—, porque era Francesca Barrington la que acaba de llamarme. Su padre y ella llegan mañana y, dado que su yate no arribará hasta dentro de cuatro días, van a quedarse conmigo. Con nosotros. Quiero que estés a mi lado y que tu interpretación sea tan creíble que ni se le ocurra intentar interponerse en nuestra relación.

Capítulo 6

MAÑANA? –exclamó Cat, a la cual le dio un vuelco el corazón.

–¿Es que te vas a echar atrás en el último momento? –le preguntó él en tono amenazador.

–No –respondió, tratando de encontrar algún asidero al que agarrarse–. Pero quiero ver el contrato –añadió desesperada.

–Sube a mi despacho y te lo enseñaré –dijo Nick, luchando por no perder la paciencia–. En cuanto lo firmemos, te acompañaré a casa y te ayudaré a hacer las maletas.

–Mis maletas las hago yo y nadie más –replicó Cat, irritada–. Me sorprende que tengas tiempo libre para tomarte tantas molestias conmigo.

–Trabajo mucho desde casa –explicó él, esbozando una sonrisa que la desarmó–. Venga.

Fue como si la arrastrara un tornado. Media hora después, habían firmado el contrato, lo habían guardado en una caja fuerte y estaba con él en el coche, preguntándose por qué se habría metido en aquel lío... y por qué no era capaz de librarse Nick de Francesca sin necesidad de aquel montaje.

Aunque sí que podría si quisiera... pero no quería poner en peligro su relación con su padre. Fuera cual fuera el negocio que tuviera entre manos con Stan Barrington, era evidente que le importaba mucho.

Después de todo, Nick no sería Nick si no se guardara las espaldas hasta en el más mínimo detalle.

Había leído el contrato con toda la atención que había podido prestar, turbada por la proximidad de Nick, y había sentido un gran alivio al comprobar que era un texto sencillo y sin rodeos. A cambio de su ayuda, la cual incluía alojarse en su casa y hacerle compañía, él le pagaría veinte mil dólares; la mitad por adelantado y la otra mitad al término del contrato.

Aunque estaba empeñada en devolverle el dinero, había firmado los papeles, igual que Nick, el cual había telefoneado al banco acto seguido para ordenar que hicieran una transferencia de diez mil dólares en favor de la clínica de Romit. Minutos después, habían recibido un fax que dejaba constancia de que el importe había sido transferido.

Todo muy profesional. Muy impersonal.

Claro que aquello era un negocio. Cualquiera que se casara con Nick, y a juzgar por las mujeres que siempre lo rodeaban podría elegir a su antojo, no tardaría en comprender que ocupaba un segundo lugar en su vida. Como Glen, la adrenalina de sacar adelante su trabajo le resultaba mucho más excitante que cualquier mujer.

No era de extrañar que Francesca se creyera con ventaja, convencida de que Nick necesitaba el dinero de su padre. Cat sonrió. Pronto, muy pronto, Francesca descubriría que no era buena idea intentar acorralar a Nick.

Y ya había ingresado la mitad del dinero necesario para la operación de Juana.

—No subas —le dijo a Nick cuando este aparcó frente a su casa—. No tardaré mucho.

—De acuerdo —accedió él después de examinarla con la mirada—. Puedo adelantar algo de trabajo en el coche. Baja cuando estés lista. No cargues maletas pesadas por esas escaleras.

—No lo haré.

Pero mientras sacaba una de las maletas de la habitación, se cruzó con uno de los estudiantes alquilados en el edificio.

—¿Nos dejas ya? —le preguntó al ver la caja de libros que había usado para mantener la puerta abierta.

—Hola, Linc —lo saludó Cat, sonriente.

—Te ayudo a bajar la maleta.

—No hace falta que... —dejó la frase sin terminar. De ese modo, evitaría que Nick viese su triste habitación. Solo pensar en que pudiera sentir compasión de ella era como un latigazo a su orgullo—. Genial, muchas gracias.

—No hay de qué... así podré impresionarte con mis potentes músculos a la vez que hago algo útil —bromeó Linc—. ¿Qué es lo que más pesa?

—La caja de libros.

El joven la levantó y luego se echó contra la pared con exageración:

—Deben de estar hechos de papel de plomo. Mi columna no volverá a ser la misma.

Después de pasar una nota bajo la puerta de Sinead, Cat agarró una maleta y siguió a Linc, al cual corrió a abrirle la puerta del edificio una vez en la planta baja.

Nick estaba esperando en el coche, echando un vistazo a unos papeles. Cuando Cat apareció, levantó la cabeza y salió a abrir el portaequipajes.

—¡Guau!, ¡qué cochazo! —exclamó Linc.

Cat asintió con la cabeza. Lo más probable era que no volviera a ver aquella casa nunca, pensó de repente. En unas pocas semanas, la habrían tirado abajo y no quedaría nada de ella. Unas florecillas captaron su atención, desvaneciendo parte de su tristeza. Al menos, las lilas sobrevivirían en casa de su vecina.

Después de que Linc metiera la caja de libros en el maletero, Cat le presentó a Nick, el cual le estrechó la mano y estuvo charlando con él unos minutos hasta que el joven dijo:

–Bueno, me voy. Tengo que ir a trabajar –luego se dirigió a Cat–. Suerte... y cuídate mucho. Voy a echar de menos esa sonrisa tan bonita a la hora de desayunar –añadió justo antes de darle un abrazo.

–Suerte –contestó ella, conmovida–. Y despídeme de los demás de mi parte, por favor –agregó mientras le daba un último beso en la mejilla.

–Prometido –dijo Linc.

Nick esperó hasta que el joven se hubo alejado para preguntar:

–¿Dónde está el resto de tu equipaje?

–He dejado la maleta en la planta baja –contestó ella.

–Quédate aquí, voy por ella.

Cat frunció el ceño y lo vio enfilar hacia la puerta. Algo en sus andares y en lo rectos que llevaba los hombros la hizo preguntarse qué lo habría enfadado.

Lo descubrió al día siguiente, al ver a

Francesca Barrington, tan alta y elegante, plantarle un beso a Nick en la mejilla.

Más que enfadada, se sintió indignada porque otra mujer hubiese tocado al hombre que le pertenecía. Y, aunque los celos eran un sentimiento nocivo, Cat no pudo evitar enseñar los dientes.

—No te importa, ¿verdad? —le dijo Francesca, también celosa ella—. Nick y yo somos viejos amigos.

—¡Qué va a importarme! Nick tiene muchos viejos amigos —replicó Cat. Aunque Francesca no era guapa, irradiaba algo más atractivo que la simple belleza: una vitalidad y energía que hizo que Cat se sintiera sosa y apagada.

—Lo sé, lo sé. Nick siempre ha tenido a muchas mujeres a su alrededor —contestó Francesca—. ¿Hace cuánto que os conocéis?

—Seis años —respondió Nick con naturalidad—. ¿Dónde está Stan? Creía que venía contigo.

Tras ellos, Rob y el piloto estaban bajando maletas del helicóptero.

—¡Seis años! —exclamó Francesca—. Debías de ser una niña, Cathy.

Nick se la había presentado como Catherine; no le gustaba que la llamase Cathy, pero Cat habría sido peor. Solo Nick la llamaba así.

–Tenía dieciocho años –dijo ella con aplomo–. Y creía que sabía todo lo que había que saber del mundo.

–Sí... a mí me pasaba igual –contestó Francesca en tono maternal–. Papá no ha podido venir al final. Demasiado trabajo, me temo. Te manda saludos. Te verá cuando el yate atraque –agregó mirando a Nick.

Cat no pudo recriminar nada en la expresión ni en el tono de Francesca, pero era toda una oponente para Nick, pensó divertida.

–Lástima –dijo este–. Bueno, entremos en casa.

Agarró una mano de Cat y cruzaron juntos una puerta que daba al jardín.

–¡Santo cielo, cómo ha crecido todo! –dijo Francesca, mirando a su alrededor–. No hace más que unos meses desde la última vez que estuve aquí, pero ¡qué diferencia! No hay mejor clima para los jardines que el de Nueva Zelanda... ¿Te gusta la jardinería? –le preguntó a Cat.

–Cat es contable –contestó Nick, imprimiendo un sutil tono de advertencia en sus palabras.

–¿Es que los contables no pueden saber de jardinería? –protestó Francesca–. Quizá no. Me consta que es una profesión muy respetable, pero tiene un problema de imagen

—agregó, dando a entender que la contabilidad era de gente aburrida.

—Cierto, pero forma parte de un plan —replicó Cat, sonriente—. Dentro de poco, los contables nos habremos apoderado del mundo y nadie nos habrá visto venir.

Francesca la miró sorprendida, soltó una ligera risilla y empezó a hablar de la última caída del dólar.

Mientras acompañaba a Francesca a su dormitorio, Cat dijo gracias al arquitecto por haber dividido la casa de modo que las habitaciones de los invitados estuviesen en el extremo opuesto de las destinadas a acoger a la familia.

—¿Quieres que llame a alguien para que te deshaga las maletas? —preguntó Cat, sintiéndose una farsante—. La cena estará lista en una hora.

—No, sé que Nick no tiene criadas internas —Francesca se encogió de hombros—. Pero no te preocupes, me las puedo arreglar sola —añadió sonriente, antes de encerrarse en su habitación.

Cat se sintió extrañamente desairada y recorrió a buen paso el corredor que conducía hasta la que era su habitación.

El día anterior, cuando Nick la había llevado a casa, había mirado en derredor maravillada. Era un dormitorio precioso, de auténtico ensueño. Las paredes estaban pintadas de marfil claro. Una cama enorme dominaba la pieza, con un elaborado cabecero de exótica madera con incisiones.

Grandes ventanas daban a una terraza privada. Unas sillas de mimbre y una tumbona tapizada ofrecían un lugar para leer o adormilarse. Para leer, decidió Cat, a la cual le resultó imposible imaginarse a Nick tostándose simplemente al sol, sin gastar sus energías en nada.

Junto al dormitorio había dos cuartos de baño y dos vestuarios, y al otro lado estaba el salón que Nick estaba usando como habitación.

Ella tenía toda su ropa en el vestuario que le había asignado, todos sus libros en la librería, sus manuales de contabilidad y sus apuntes en la mesa... ¿Dónde se había metido?

Romit, la clínica y Juana parecían a años luz de aquella lujosa casa en el campo, de Francesca Barrington, de Nick...

No, de Nick no. Vivir en la zona pobre de Auckland no podía compararse con vivir en una isla asolada por la guerra; pero, aunque no hubiese corrido peligro de morirse de hambre, la infancia de Nick debía de haber sido un infierno a su manera.

De modo que Nick era un vínculo con Juana.

Cat fue a la mesilla y abrió el cajón en el que había guardado el contenido de su bolso, incluida la única fotografía que tenía del bebé. Aquella suntuosa habitación contrastaba con la carita desvalida de la niña y la triste expresión de su joven tía.

Colocó el marco sobre la mesita de noche y dijo en alto:

—Bienvenidas a la buena vida, pequeñas.

Después de darse una ducha refrescante, Cat se cubrió con una toalla y, al salir rumbo a su dormitorio, estuvo a punto de chocarse con Nick.

—¡Perdón! —exclamó ella, roja como un tomate.

Nick llevaba una bata de algodón, pero su porte le confería a la prenda cierto glamour pecaminoso. Sus hombros parecían más anchos, más largas sus piernas... y sus ojos, advirtió Cat, estaban tomando buena nota de lo ligera de ropa que iba ella, desnudos los hombros y las piernas.

—Lo siento, había llamado —dijo él con voz ronca antes de meterse en el baño que había elegido para sí y cerrar con decisión.

Aturdida, Cat corrió a su vestuario, resuelta a ponerse una bata o un albornoz cuanto antes. Cualquier cosa que la cubriera más que aquella toalla.

Cuando Nick salió, Cat ya estaba en su dormitorio, decentemente cubierta con un vestido azul sin mangas que caía hasta los tobillos. El escote bajaba suficiente para anunciar el nacimiento de sus pechos, mientras la fina tela se enredaba entre sus piernas.

Nick, vestido con unos pantalones negros a la medida y una camiseta marrón claro, entró sin llamar, con las mangas subidas hasta los bíceps.

—Te abriré una cuenta corriente —dijo sin rodeos—, para que te compres lo que necesites —añadió, refiriéndose a una bata.

—Gracias —acertó a contestar Cat, sin perder la compostura a pesar del sensual cosquilleo que sentía por todo el cuerpo.

Nick la miró de arriba abajo con descaro, a propósito.

—Por suerte no eres de las que se ruborizan —murmuró.

Glen nunca la había hecho sentir algo así, como si hasta la última de sus fibras nerviosas estuviese despierta. Casi podía oler la fragancia de Nick, una especie de frescor masculino que emanaba sexualidad y la excitaba sobremanera.

—Por suerte —repitió Cat con voz neutra.

—¿Siempre llevas ropa azul?

—¿Qué? —preguntó sorprendida ella—. No, a veces me pongo colores canela o tonos que van bien con mi pelo.

—Pero azul sobre todo.

¿A qué venía eso?

—A mi padre le gustaba comprarme ropa azul —contestó en voz alta—. Supongo que me acostumbré a llevarla. Me sienta bien.

—Sin duda —Nick le miró la mano—. Ponte el anillo.

—Sí, claro. Lo había olvidado... —Cat tomó la joya de la mesilla y se la puso en el dedo, tratando de ocultar el temblor de sus manos.

—¡Maldita sea! —exclamó Nick entonces, y se acercó a ella a toda prisa—. El propósito de esta farsa es convencer a Francesca de que estamos perdidamente enamorados. Si te vas a echar a temblar cada vez que estoy en la misma habitación que tú, no vamos a conseguir nada —añadió, clavando la vista en la fotografía de la mesilla.

No tuvo que amenazarla. Cat captó el mensaje: si no era convincente, no habría dinero.

Así que cuando Nick le agarró la cara, no se resistió. Pero en vez del ataque violento que había esperado, sus labios se posaron con dulzura sobre sus mejillas, con suavidad, delicadeza, cariño casi.

Al cabo de unos segundos, Cat suspiró y se abalanzó hacia Nick, el cual pasó a besarle el lóbulo de una oreja.

—Tienes una piel muy suave —susurró él al tiempo que la abrazaba—. Una piel tersa, sedosa...

¿Cómo podía excitarla de esa manera con tan solo un par de besos? Desde luego, sabía cómo complacer a una mujer. En silencio, enajenada de toda voluntad, se relajó contra su potente pecho.

—¿Te he hecho daño? —preguntó él después de darle un mordisquito en el lóbulo, al notar que ella daba un respingo.

—No... —Cat se estremeció—. Es que... yo nunca... no esperaba que fueras a hacer eso —balbuceó.

—¿Te ha gustado?

—Sabes de sobra lo que estoy sintiendo —contestó Cat medio atragantada.

La acalló con otro mordisquito y, aunque esa vez no la pilló desprevenida, volvió a sentir un excitante hormigueo por la columna.

Esperó expectante el siguiente mordisquito, pero esa vez la besó en un punto concreto bajo la oreja, y el vello de la nuca se le erizó al instante.

De repente, odió a todas las mujeres que lo habían hecho tan experto.

—Se te da muy bien —murmuró Cat.

Nick la sujetó unos segundos y la soltó.

—Y a ti se te da bien hacer que un halago suene como un insulto —respondió con frialdad.

—No lo he dicho con esa intención —se defendió, avergonzada.

—Da igual —Nick se encogió de hombros—. Sí, me he acostado con más de una mujer. Francesca también tiene experiencia, y si queremos convencerla...

Bajó la cabeza y se apoderó de su boca sin ternura, con violencia, obligándola a someterse.

Avergonzada por su fogosa respuesta inicial, Cat echó la cabeza hacia atrás, y viendo que Nick no la soltaba, le dio un puñetazo en las costillas.

Pero Nick no se inmutó. Cuando por fin la dejó libre, se quedó mirando su indignada expresión con frialdad.

—Sí, parece que acaban de besarte —comentó—. Esos labios no tienen pinta de ser los de una virgen.

—Normal, porque no lo soy —replicó con firmeza.

—¿Ah, no? Si no me lo dices, no me habría dado cuenta —se burló él. Luego miró el reloj—. Hora de bajar. Y recuerda, tú eres la anfitriona... Hasta ahora lo estás haciendo muy bien. Aprendes rápido.

Porque Glen había sido muy intolerante con los fallos. Cat abrió la boca para decirle a Nick la opinión que tenía de él, pero justo entonces llamaron a la puerta. Se quedó helada.

–Abre –le dijo Nick con tranquilidad, mirándola a los ojos.

Era Francesca, con un joyero en las manos. Miró a Cat, pero se las arregló para que su sonrisa los abarcara a los dos:

–Perdonad que os interrumpa –dijo con educación–. Nick, ¿puedes meter esto en la caja fuerte? Sé que aquí no hay mucha delincuencia, pero no quiero sorpresas.

–Por supuesto –contestó él con frialdad–. La caja está en la planta baja… Vuelvo en seguida –dijo antes de agarrar el joyero y dejar a las dos mujeres a solas.

–Un hombre prudente –murmuró Francesca cuando Nick se hubo perdido de vista–. Apuesto a que nadie sabe dónde tiene la caja fuerte –añadió, esbozando una sonrisa que no se extendió hasta sus ojos.

Era hora de hacer de anfitriona, pensó Cat.

–Habíamos pensado que podíamos tomarnos una copa en la terraza. Me encanta este momento del día, justo antes de anochecer, cuando todo está tranquilo y como a la espera –comentó. Sentía los labios hinchados, y era consciente de que Francesca se había fijado en ellos.

—Buena idea. La verdad es que hace más calor del habitual a estas alturas del año —dijo Francesca mientras seguía a Cat—. ¿A la espera de qué?

—De que llegue la noche —contestó esta con alegría, asegurándose de sonar a la defensiva.

—¡Ay, el amor! —Francesca rió—. ¿Hace cuánto estáis juntos?

Nick y Cat habían llegado a un acuerdo al respecto.

—Un tiempo —respondió sin precisar—. Pero no me he instalado aquí hasta ayer mismo.

—Estaba en Auckland, concentrada con los exámenes finales —añadió Nick desde detrás.

Había sonado convincente sin mentir ni dar evasivas, pensó Cat. Y la sonrisa que le lanzó fue una obra de arte: no tanto una seducción explícita, pues era demasiado sutil para eso, sino que encerraba una promesa de placeres sexuales por llegar.

—¿Qué planes tienes? —preguntó Francesca entonces—. ¿Vas a ponerte a trabajar ahora que has terminado los estudios?

—Sí —contestó Cat antes de que Nick se adelantara. Abrió la puerta que comunicaba con un salón informal y se echó a un lado para dejar pasar primero a la otra mujer.

–¿Lo ha dicho en tono desafiante o son imaginaciones mías? –Francesca miró a Nick con expresión divertida.

–No lo son –contestó este con suavidad mientras seguía a Cat dentro del salón, cuyas puertas se abrían a otra terraza–. Pero nos acabaremos entendiendo.

–O sea, que crees que acabarás saliéndote con la tuya –dijo Francesca sonriente. Luego, miró a Cat y se quedó como pensativa–. No sé, no sé: esa barbilla parece muy testaruda. Me pregunto si por fin has encontrado la horma de tu zapato, Nick.

–Tengo buen perder –contestó este, lanzándole otra sonrisa íntima a Cat.

Era un gran actor, pensó esta irritada. Cat lo miró batiendo las pestañas a modo de respuesta, y la complació advertir el súbito brillo de sus ojos.

Llegaron a la terraza. La señora Hannay había puesto una mesa con velas y flores.

–¿Buen perder tú? No será en los negocios –contestó Francesca–. Cuando mi padre habla de ti, usa palabras como iniciativa, audacia, capacidad de decisión, ahínco, brillante... Ni se le pasa por la cabeza perdedor.

–No he dicho que lo sea. Pero puedo aceptar una derrota con elegancia –replicó

Nick mientras se acercaba a una mesita en la que había una bandeja con bebidas–. ¿Qué te apetece, Francesca?, ¿un gintonic?

–¡Qué detalle que te acuerdes, cariño!

Aunque no lograba relajarse, Cat encontró cierta sensación de bienestar en los bellos alrededores. Y, a pesar de que Nick le había pedido que ejerciera de anfitriona, fue él quien dirigió la velada, marcando los límites de la conversación, esquivando con elegancia y buen humor todos los intentos de Francesca de ligar con él... Y siempre estuvo junto a Cat, una amenaza y un escudo constantes al mismo tiempo.

Francesca era una invitada excelente: ingeniosa, entretenida, inteligente. Y sus ojos verdes, atentos y sagaces, iban de la cara angular de Nick a la de Cat, y vuelta hacia la de él.

Mucho después, mientras se quitaba el anillo y lo devolvía a su estuche, Cat notó que estaba tensa. Tanto que no pudo evitar sobresaltarse cuando Nick llamó a su puerta.

«Serénate», se ordenó. Pero las manos le temblaban tanto como la voz.

–Adelante.

–Lo has hecho muy bien –dijo él después de entrar.

–Gracias. No ha sido difícil.

–Pero ahora entiendes por qué hace falta organizar todo este número.

Cat asintió con la cabeza, cruzó la habitación y se sentó en una de las sillas pegadas a la ventana:

–Creía que exagerabas, pero es verdad que parece lamentar verme contigo.

–Stan me cae bien, y tengo negocios con él. Francesca también me cae bien, y no quiero violentarla ni humillarla –dijo Nick con calma–. Por cierto, ponte algo sexy para dormir esta noche.

–Si crees que…

–Francesca no se va a rendir tan fácilmente –atajó él con contundencia.

–¿No pensarás que va a venir a mi dormitorio otra vez? –preguntó asombrada.

–Es la hija de su padre –contestó Nick–. Persistente y testaruda.

–Pues me temo que hay un pequeño problema: no tengo nada sexy –dijo Cat con el ceño fruncido–. Suelo dormir con camisetas.

–Entonces hice bien en encargar un par de cosas el otro día –Nick apuntó con la cabeza hacia la puerta del vestuario de Cat–. La señora Hannay te las ha puesto allí después de que llegaran esta tarde. Elige algo que parezca que se puede quitar lenta y seductoramente.

Aunque intentó mantenerse imperturbable, una inflexión en el tono de voz delató la excitación de Nick.

–De acuerdo –aceptó Cat con la boca seca.

–Confío plenamente en ti.

Horas después, embutida en exquisita seda de color marfil claro, Cat se dio la vuelta en la cama y mató cualquier posibilidad de conciliar el sueño preguntándose si alguna vez se habría acostado Nick con Francesca.

Por otra parte, nada podía arruinar el placer que sentía por sus últimas palabras.

Quizá, pensó esperanzada, se habría olvidado durante unos segundos de que había sido la esposa de Glen y la había visto como a un ser humano.

Lo cual abría una perspectiva tan dulce, que era casi más peligrosa que la pasión que despertaban el uno en el otro. Cuando por fin consiguió dormirse, sus labios dibujaban una sonrisa.

Se despertó al oír que llamaban a la puerta y sentir, acto seguido, que el colchón se hundía por el otro lado de la cama.

–¿Qué... qué pasa? –dijo entre bostezos mientras se incorporaba.

–Tranquila –contestó Nick desde demasiado cerca.

–¡Nick! –Cat lo miró sobresaltada bajo la suave luz del alba.

Debía de haber llegado segundos antes,

pero parecía que hubiera estado en la cama toda la noche. Sin darle tiempo a salir de su asombro, Nick retiró la manta y salió de la cama, dejando tras de sí su aroma y la huella de su cuerpo y su cabeza.

Cat tragó saliva. Estaba desnudo.

El corazón se le disparó, le ardía la piel. Cerró los ojos con fuerza y apretó la cabeza contra la almohada mientras oía cómo él se vestía, pero no logró borrar de su memoria la imagen de Nick, sin ropa, todo músculos, irradiando un poder primitivo que le licuaba la sangre.

—Adelante —lo oyó responder después de que llamaran a la puerta una segunda vez.

Era Francesca.

—¿Montar a caballo? —repitió Nick—. ¿De verdad te apetece?

Cat recordó que tenía que convencer a la otra mujer de que Nick no estaba disponible. Bostezó de nuevo, salió de la cama y avanzó hacia él con el camisón más fino de los que había encontrado en el vestuario. Nick la rodeó por la cintura y la atrajo contra su cuerpo.

—Casi no ha amanecido —protestó Cat.

—¡No seáis vagos! —contestó Francesca sonriente—. ¿O es que no sabes montar?

—Sí sé —respondió Cat con dignidad. Movió la mejilla en una caricia sensual sobre el pecho de Nick, el cual la apretó con más fuerza.

—¿Te apetece que montemos un rato? —le preguntó él.

—Bueno… de acuerdo —accedió Cat.

—Bajaremos en diez minutos —calculó Nick.

—¡Genial! —Francesca se marchó, muy recta ella, con los hombros tan firmes que debían de hacerle daño incluso.

Nick bajó los brazos, lo cual aprovechó Cat para alejarse un par de pasos.

—Me parece que está enamorada de ti —comentó preocupada después de que él cerrara la puerta.

—No lo está —aseguró Nick con brusquedad—. Aunque es probable que no sea consciente, solo quiere darle a su padre lo que este está esperando, es decir, nietos.

Los hijos de Nick. Cat notó que se le hacía un nudo en el estómago.

—¿Estás seguro?

—La última vez que vinieron Stan no paró de hacer comentarios y bromas al respecto —Nick se encogió de hombros—. Hasta entonces, Francesca se había limitado a coquetear, y eso lo hace con todo el mundo. Pero ahora está a la caza de marido. Y no tengo por qué ser yo. Le valdrá cualquier hombre que le guste más o menos y que cuente con el respeto de su padre. Cuando yo me case, espero que mi mujer no me vea como un mero semental para procrear hijos.

Cat experimentó una mezcla compleja de sensaciones. Optó por no prestarles atención, ya que no era el momento de preguntarse si tenía a alguna candidata en mente como esposa.

—Espero que no siga viniendo a buscarnos por sorpresa —comentó sin más, esbozando una tenue sonrisa.

—Esta debería ser la definitiva —murmuró Nick muy serio—. Me pregunto por qué desconfía tanto.

—Quizá porque sabe que llevo aquí poco tiempo.

—Es posible —concedió él, aunque sin mucho convencimiento—. Venga, prepárate. ¿Tienes ropa para montar?

—Unos vaqueros —respondió Cat—. No sabía que tú montaras —añadió.

—Glen me mandaba donde su tío durante las vacaciones escolares, en las afueras de Gisborne —explicó Nick—. Sus hijos me enseñaron bastante como para aguantar sobre la mayoría de los caballos.

Capítulo 7

HABÍA pecado de modesto. Mientras seguía el enorme caballo ruano de Nick por un sendero flaqueado por dos hilcras de pinos, Cat admiró su destreza montando, su autoridad y estilo como jinete.

Francesca lo hacía aún mejor.

–Crecí junto a un establo –explicó esta cuando Cat le alabó su maestría–. Creo que aprendí a montar a caballo antes que a andar... Vamos, cariño –añadió para que su caballo bayo imprimiera un ritmo de galope.

Cat vio una valla que separaba ese prado de otro con ganado. Fue frenando su yegua poco a poco, pero la otra mujer, cuyo cabello volaba bajo un casco protector, siguió directa hacia la valla.

–¡Francesca, no! –dijo Nick.

Habló con tal autoridad, que a Cat no la extrañó que la mujer redujese la velocidad, primero al trote, luego al paso.

–Aguafiestas –murmuró Francesca.

–No quiero que asustes al ganado –contestó él–. Son el orgullo y la alegría de mi criador y dejaría el trabajo si le pasara algo a alguno.

–¿Siempre es tan imperioso? –le preguntó Francesca a Cat.

–Siempre –afirmó esta con solemnidad.

Nick sonrió.

–Imperioso. Esa palabra está tan en desuso que parece un insulto.

–Quizá seas un hombre del pasado –replicó Francesca, sonriente, mientras giraban de vuelta a casa–. La clase de hombre autoritario, competente, dominante e implacable por el que las mujeres suspiran en secreto aun cuando dicen que no los desean... ¡Vaaale! No coqueteo más. ¿Sabes? Este sería un lugar estupendo para tener hijos –añadió tras ver la expresión sarcástica de Nick.

–Los neozelandeses dicen que el país entero es un sitio estupendo para tener hijos –respondió él con tacto.

Giró la cabeza, como intuyendo que Cat estaba mirándolo, y algo pasó de uno a otro, una emoción compartida que, por alguna razón, la conmovió.

«Ten cuidado», se dijo. «Estás aquí para hacer un trabajo. De acuerdo, es un hombre muy excitante y, gracias a Francesca, la situación no puede ser más provocadora; pero nada más. Es peligroso».

Sintió un escalofrío y tiró de las riendas de repente, a lo cual respondió la yegua con un movimiento brusco a modo de reproche. Se obligó a relajar los dedos y se dio cuenta, espantada, de que quería algo más de Nick aparte de su apetito sexual. Respeto. Sí quería que Nick la respetara, y estaba tan cerca de conseguirlo como de ser la primer mujer invisible de la Tierra.

El sol caía con fuerza, reflejándose en las plácidas aguas de la piscina, de manera que, aunque las dos mujeres estaban tumbadas bajo sombrillas, sus cuerpos estaban bañados por una cálida luz dorada.

–¿Y cuándo vais a casaros? –preguntó Francesca mientras agitaba una mano para espantarse una mosca que tenía en una pierna.

–Todavía no lo hemos hablado –contestó Cat después de dejar la novela que estaba leyendo.

La otra mujer se giró a mirarla. Cat llevaba una camisa sobre su bañador, mientras que Francesca lucía directamente un biquini que destacaba sus formidables pechos y elegantes piernas.

–¿No habéis hablado de cuándo vais a casaros o del hecho de casaros en sí? –preguntó con descaro.

–No es asunto tuyo –contestó Cat con el mismo descaro.

–¿Se puede saber quién te crees que eres? –exclamó asombrada Francesca.

–Sé perfectamente quién soy –respondió Cat con calma–. Lo que no sé es por qué estás tan interesada en mis asuntos.

–Solo en este asunto –espetó Francesca. Hizo ademán de decir algo más, pero unas voces procedentes del interior de la casa la hicieron guardar silencio.

Cuando Nick salió, Cat fingió estar leyendo y Francesca estaba tumbada boca abajo, con la cara girada hacia aquella, pero con los ojos cerrados. ¿Por qué no se casaba Nick con ella y los sacaba a todos de aquel embrollo?, se preguntó Cat.

Y la asustó la desolación que tal pensamiento le produjo.

Cuando llegó a ellas, Nick se sentó junto a Cat y le dio un suave beso en un hombro.

–¿Qué tal estás? –le preguntó.

El roce de su boca le quemaba la piel. Cat vio a Francesca ponerse tensa, relajarse después.

–Hace mucho calor para leer –respondió–. Me vendría bien darme un baño.

Dirigió la vista hacia la piscina y luego miró de reojo el perfil de Nick, que estaba diciéndole algo a Francesca.

–Pareces preocupada –comentó esta entonces. Cat la miró confundida y la otra mujer se incorporó.

–Es que tengo dudas sobre el menú de mañana, nada más –improvisó Cat.

–Acabo de recordar de qué me sonaba tu nombre –dijo Francesca casi ronroneando–. ¿No eres la esposa de Glen?

–Viuda –corrigió Nick con tono desabrido.

–Y él fue tu mentor, ¿no? –prosiguió Francesca, sonriente–. El que te sacó de las cloacas y todo eso. Qué conveniente.

–¿Qué quieres decir con conveniente? –preguntó él, mirándola a los ojos, después de agarrar una mano de Cat.

–Si se adapta al mentor... –Francesca dejó la frase colgando–. ¿Qué pensaría Glen si viera que su esposa, digo viuda, ha acabado en tu dormitorio?

–Le sentaría fatal –contestó Nick con firmeza–. Pero ya hace dos años de su fallecimiento, y tampoco querría que Cat llorase su muerte el resto de la vida.

–¿Llegó alguien a descubrir por qué se suicidó? –preguntó la mujer con suavidad.

–¡Glen no se suicidó! Eso es absurdo –exclamó ofendida Cat–. Era un hombre vital, tenía planes para los próximos veinte años. Su muerte fue un terrible accidente. Siempre conducía muy rápido, y estaba cansado... Acababa de regresar de un vuelo desde Inglaterra.

–¿A qué se deben los rumores entonces?

–Siempre hay rumores a la muerte de una persona de buena posición –contestó Nick con serenidad, y Francesca enarcó las cejas con escepticismo–. Cat estuvo un año trabajando en una clínica de Romit después de morir Glen. Durante la guerra civil. No volvió a Nueva Zelanda hasta principios de este año, y empezamos a vernos unos meses después... No dudaré en desmentir cualquier cotilleo o murmuración que pueda llegar a mis oídos –añadió tajantemente.

Francesca le mantuvo la mirada unos segundos. Luego, pareció darse por vencida.

–Perdón, estaba curioseando y yo no suelo ser así –se disculpó con voz cansina–. Pero ni siquiera tú puedes impedir que la gente hable.

–Sí que puedo –afirmó él en tono letal, con tal dureza que Cat se estremeció.

–Bueno, da igual –dijo Francesca con indiferencia mientras se tumbaba de nuevo y cerraba los ojos–. Yo no cotilleo.

Nick empezó a hablar del secuestro de un avión en África. Increíblemente, Francesca

le siguió el hilo y mostró una sagaz comprensión del complejo juego de poderes entre las naciones y tribus rivales implicadas y, al cabo de diez minutos, fue como si aquella tensa y violenta conversación no hubiera tenido lugar.

Pero debió de convencer a Francesca de que Cat y Nick eran novios, pues en los días siguientes no hubo más maniobras por su parte.

Con todo, cuando Cat hablaba con la asistenta sobre los menús o los viajes organizados que realizaron para mantener a Francesca entretenida, cuando hacía de anfitriona en las cenas que Nick celebraba, dando lo mejor de sí misma para agradar a todos los invitados, la acusación de Francesca sobre Glen rondaba una y otra vez por su cabeza. Trató de discutirlo con Nick, pero este se negó.

–Olvídalo –respondió–. Estaba muy impertinente.

Pero algo le impedía olvidarse del tema, aunque no averiguó por qué hasta que conoció a Stan Barrington, que había ido volando a Auckland nada más llegar su yate al atracadero. Nick los condujo hasta la dársena y subieron a bordo.

Alto y delgado, con los mismos ojos verdes e inteligentes de su hija, Stan Barrington

estrechó la mano de Cat, mientras Francesca hacía las presentaciones.

—Me sorprende que no hayáis coincidido
antes —dijo la hija, sonriente—. Cat era la esposa de Glen Withers, el publicista. El hombre que sacó adelante a Nick.

—Lo recuerdo —dijo Stan—. Lo sentí cuando me enteré de que había muerto.

Y, por un sutil matiz en su tono de voz,
Cat se dio cuenta de que había oído los
rumores.

Cuando Francesca había comentado lo
del suicidio, Nick había reaccionado con rabia... pero no se había sorprendido.

No pudo decir nada hasta que Nick y ella
se fueron a casa tras una cena que la hizo
tomar conciencia de la enorme diferencia
entre la gente normal y las personas como
los Barrington.

Dado que la carrera empezaba al día siguiente, Francesca había intentado conven-
cerlos de que pasaran la noche en su yate;
pero Nick le había dicho que tenía trabajo
pendiente.

—Vendremos a tiempo para la salida.

—Espero que tú no te hayas traído trabajo
también —le había dicho Francesca a su padre, haciendo un mohín.

—El trabajo nunca se termina —había contestado Stan, encogiéndose de hombros.

—Estás muy callada esta noche —comentó Nick, de vuelta a casa.

—¿No he interpretado bien mi papel? Lo siento.

—No he dicho eso —contestó él—. ¿En qué piensas?

—Siempre has sabido que algunas personas creen que Glen se suicidó —dijo Cat.

Los faros de un coche del carril de sentido contrario iluminaron la cautelosa expresión de su cara.

—Sí.

—¿De dónde diablos se han sacado esa idea? —susurró desolada.

—A la gente le gusta murmurar —respondió Nick con indiferencia—. Olvídalo. Y si alguien hace algún comentario parecido delante de ti, no hagas ni caso. Pon esa sonrisa preciosa tuya y márchate.

—¿Alguna vez dijo algo… hizo alguna cosa antes de morir…? —insistió ella.

—No lo sé… ¿y tú? —inquirió Nick.

—Tampoco —se apresuró a contestar Cat. Pero lo cierto era que Glen no la había tocado en los tres meses anteriores a su muerte. Ella había interpretado que tenía otra aventura.

—¿Pero?

—Pero nada —dijo con firmeza.

—Entonces no tienes por qué preocuparte —respondió Nick.

–Lo sé. Pero... a Glen no le gustaría que la gente pensase que era un cobarde.

–Glen está muerto –afirmó él con crudeza–. Conocía el comportamiento humano y era comprensivo. Deberías saber que los cotilleos le habrían dado igual.

–Tienes razón –concedió Cat, extrañamente reconfortada–. Gracias.

Nick giró el volante para tomar la desviación que conducía a su casa y se preguntó, no sin cinismo, si seguiría dándole las gracias si supiera cuánto le había ocultado. Era evidente que no estaba al corriente del huracán de rumores e insinuaciones que se había desatado a la muerte de Glen mientras ella arriesgaba su vida en Romit.

Fuera cual fuera el motivo por el que se había casado con Glen, estaba claro que la niña le importaba mucho. A no ser, claro, que el bebé fuese una excusa para retomar el contacto con él. Quizá quisiera más dinero del que Glen le había dejado, ¿y quién mejor para proporcionárselo que el idiota que había admitido sentirse apasionadamente atraído hacia ella?

Esquivó un bache con un ligero movimiento del volante. El coche respondía al instante bajo sus manos. Igual que Cat, pensó disimulando una sonrisa. Tal vez buscara seguridad, pero aquella constante proximidad entre ambos amenazaba con romper las riendas que refrenaban su deseo.

Se había pasado los últimos interminables días acostumbrándola a ligeras caricias en la mejilla, a besos fugaces en la nuca, sobre la cabeza, en la suave curva de su seductora boca.

Nada con excesiva carga erótica, pero con cada roce la había visto suspirar y ruborizarse.

No tendría que esperar mucho más, le dijo a su ansioso cuerpo. Cat no tardaría en acudir a él, impulsada por el mismo apetito fogoso que lo consumía a él.

¿Esa noche? Se arriesgó a mirarla de reojo y supo que no. Enterarse de que la gente pensaba que Glen podía haberse suicidado la había descompuesto. Necesitaba tiempo para superarlo. Nick se obligó a dejar de sentirse protector con ella. Tenía suerte de ser tan pequeña y delicada, pues apelaba a un instinto de caballerosidad innato en Nick.

La había esperado seis años, de modo que podría aguantar unos pocos días más. No quería la sombra de Glen planeando cuando por fin hicieran el amor. Le pertenecería a él por completo. Sería la amante de Nick Harding, no la viuda de Glen Withers.

Bostezó, se giró en la cama y se obligó a abrir los ojos. El sol iluminaba el suelo del dormitorio. Le daría pena dejar la casa de Nick, pensó mientras retiraba las sábanas. Y no solo porque, a partir de ese día, estarían en el yate de Francesca. Con Francesca.

No, le encantaba la casa de Nick: la había sentido su propio hogar desde el momento en que había entrado en ella. El apartamento que había compartido Glen, situado no muy lejos del atracadero, había tenido una fría decoración minimalista que ella había tratado de alegrar con flores y plantas de interior. Por desgracia, las únicas flores y plantas que habían encajado en aquellas enormes habitaciones blancas habían sido igualmente pequeñas, en absoluto cálidas.

Mientras que la casa de Nick era toda luz, ligera como el aire y, sin embargo, sólida. En invierno, cuando la lluvia arreciaba sobre el valle y los vientos soplaban fríos, sería un lugar cálido y acogedor. Una vocecilla procedente de lo más profundo de su inconsciente murmuró que sería perfecta para criar niños. Para criar a los hijos de Nick...

Ningún yate, por fabuloso que fuera, podía compararse con su casa.

—¿Te encuentras bien? —le preguntó Nick después de entrar en bata en su habitación.

Sorprendida por su intrusión, pues habían desarrollado un sistema por el cual no se cruzaban al levantarse hasta haberse vestido y aseado, le preguntó:

—¿Se me han pegado las sábanas?

—Solo un poco —contestó Nick, el cual no pudo evitar recorrer todo su cuerpo con la mirada. Cat contuvo el impulso de volver a refugiarse tras las sábanas. Por suerte, la camiseta la cubría por completo—. ¿Por qué te cortaste el pelo? Cuando te conocí lo tenías muy largo —preguntó sin preámbulos.

A Glen no le había gustado su preciosa melena.

—Es bonito, corazón —le había dicho—, pero un poco infantil para una mujer adulta.

Así que contestó a Nick a la defensiva:

—Me hacía parecer una colegiala.

—¿Y qué tenía eso de malo? Eras una colegiala.

—No tanto —replicó Cat, algo nerviosa.

—¿Fue idea tuya o de Glen? —preguntó Nick y ella bajó la cabeza—. O sea, que fue de Glen. Supongo que lo entiendo, pero fue un error. No te da un aspecto más maduro.

—A mí me gusta. Es cómodo y muy fácil de mantener.

Nick se sentó en un lateral de la cama y le

retiró un mechón que le caía sobre la mejilla, súbitamente roja. Deslizó los dedos por la curva de su oreja, los cuales jugaron con su lóbulo.

El corazón le latía con tanta fuerza que estaba segura de que Nick tenía que oírlo; pero, si así era, este se mantuvo inexpresivo, como si un velo cubriera sus ojos.

—¿Te lo dejarías largo si yo te lo pidiera? —le preguntó con suavidad.

—No crecería mucho en lo que queda hasta que Francesca y su padre se marchen —contestó con voz trémula, consciente de que Nick le estaba pidiendo mucho más que un cambio de estilo en el peinado, así como del abrumador deseo que la impulsaba a olvidarse de su sentido común y del instinto de conservación para entregarse a Nick.

Este bajó la cabeza y le dio un suave, ligero beso en la base del cuello. Su boca era una promesa perturbadora y una sensual amenaza.

Cat contuvo la respiración. Intentó escapar de aquella tierna prisión, pero fue incapaz de moverse.

—La primera vez que te vi, pensé que tu cabello era como una cascada de fuego —murmuró Nick con una voz ronca que la estremeció—. No podía creérmelo cuando apareciste con el pelo cortado el día de la boda.

—Tenía tanto... se veía más que mi cara —susurró desesperada Cat.

—No estoy de acuerdo —Nick se echó hacia atrás y le dio un beso en la nuca.

Cat sintió un delicioso escalofrío. Jamás había sentido un placer semejante, tan agudo que casi le dolía.

—Nick —susurró, tratando de recordar por qué no era buena idea aquello.

—Cat... no sabes lo que me haces... —murmuró él con voz profunda, cargada de deseo.

Su boca seguía a un milímetro de distancia y no la había tocado, pero Cat no podía apartarse, atrapada en aquel hechizo hipnótico.

—Basta que me mires para que me enciendas... —Nick le besó las cejas, los párpados—... con la promesa de un placer prohibido —añadió mientras le inclinaba la cabeza.

Cat abrió los ojos, sostuvo su mirada y, de pronto, algo cambió dentro de ella. Aunque apenas pudo concretarlo en un pensamiento, supo que ya nunca volvería a ser la misma.

—Mi fierecilla —murmuró él, besándola entre palabra y palabra—. Mi delicada, fuerte, bonita e inteligente Cat... Te deseo tanto... Dime que tú también me deseas.

No podía negarlo, pero algo la hizo protestar.

–Nick, esto no es...

Pero él ahogó sus palabras en un beso profundo y voraz. Seducida por sus palabras y sus caricias, Cat abrió la boca para facilitar la entrada de su lengua y no se le ocurrió resistirse cuando Nick la empujó contra las almohadas.

Su sonrisa reveló un deseo tan intenso, que Cat se habría echado atrás, asustada, si su propio anhelo no la impulsara también contra Nick. Algún rincón remoto de su cerebro la avisó del peligro, pero desoyó tal advertencia y se lanzó a aquel cataclismo de emociones.

Introdujo las manos bajo su bata, acarició sus anchos hombros, notó el calor de su piel mientras la abrazaba y la besaba, una y otra vez, sumiéndolos en una feroz y enloquecedora espiral.

Por fin, apartó la cabeza lo justo para sacarle la camiseta. Por su parte, Cat ya le había abierto la bata y podía deleitarse con sus hombros y su torso desnudos, potentes, tensos, musculosos.

Nick clavó la vista en sus pechos y la hizo enrojecer.

—Preciosos —murmuró antes de besarle los pezones, tan sensibles que la hiciera gemir de placer—. ¿Te gusta?

—De... masiado —susurró ella trémulamente.

Y, sin embargo, quería más, pensó al tiempo que arqueaba la espalda.

Cuando Nick apartó la cabeza, tuvo que contener un gritito de protesta; pero sus manos sustituyeron la boca al instante, acariciándole los pechos mientras la besaba por la cintura y exploraba el pequeño hueco de su ombligo.

Cat notó una llamarada de fuego que se extendió desde la boca del estómago hacia abajo, entre las piernas. Se aferró a sus hombros, sudorosos de la excitación, y le clavó las uñas cuando Nick metió dos dedos en su punto más íntimo.

—Nick —susurró ella con un hilillo de voz—. Por favor.

—Tócame —le pidió él entonces.

Sofocada, Cat recorrió la sólida muralla de su pecho, acarició el sendero de vello que bajaba hacia su cintura y siguió descendiendo hasta apoderarse de su orgullosa erección.

—No, ahí no. Todavía no —jadeó Nick. Tímidamente, Cat le besó un hombro, le dio un mordisquito, se llenó la boca del afrodisiaco sabor de su piel—. No llevo preservativo.

—Estoy tomando la píldora.

—Hoy día no es suficiente.

Después de protegerse, regresó junto a ella y le besó de nuevo la oreja, la boca luego, paladeó su lengua. Cat respondió con avidez y, fundidos aún sus labios, Nick la penetró por fin.

Cat gimió, se arqueó para recibir su arremetida, lo atrapó con sus músculos más íntimos e iniciaron un ritmo de avance y retroceso sin llegar a separarse nunca.

Arrastrada por aquella marea sensual, Cat se concentró en vaciarse, hasta que el placer de estar unidos se transformó en una compulsión erótica y desesperada. Estaba transpuesta, jamás había experimentado una necesidad tan aguda, que estimulaba sus fibras nerviosas hasta límites insoportables.

Dentro, muy dentro de ella, fue notando una presión líquida y ardiente, hasta que Nick terminó de desbordar toda su energía y vigor masculinos... justo al tiempo que ella alcanzaba un punto de no retorno, que la elevó a una dimensión desconocida, hasta acabar cayendo por el mismo abismo de placer por el que Nick se había desplomado.

—¿Por qué lloras? —le preguntó este al cabo de unos segundos, estrechándola entre los brazos.

—No lo sé —contestó Cat a duras penas.
De pronto, tuvo ganas de bostezar. Se llevó
la mano a la boca para disimularlo, pero no
lo logró.

—Estás cansada —murmuró él—. Ven, duérmete.

—Los Barrington —se resistió Cat.

—No nos esperan hasta después de comer
—dijo Nick con un brillo oscuro en los
ojos—. Tenemos tiempo de sobra. Así que,
venga, duérmete —añadió mientras le recos-
taba la cabeza sobre un hombro, rodeándo-
la por la cintura con el otro brazo.

—Pero…

Selló sus palabras con un beso.

—Duérmete, Cat.

Esta cerró los ojos. Sonrió, giró la cabeza hacia el pecho de Nick y sucumbió al
agotamiento.

Capítulo 8

CAT despertó sola en una cama con olor a sexo.

Se cubrió con las sábanas hasta la barbilla y se tumbó boca arriba. Nick le había hecho el amor con exquisita ternura... como si fuese virgen, pensó con el ceño fruncido.

¿Por qué habría sido tan delicado?

Pero era una tontería preocuparse por eso. Además, le bastó mirar el reloj para darse cuenta de que no tenía tiempo para averiguar la fuente de su inquietud. Así que se levantó, se duchó, se secó y se puso unos vaqueros y un top de tirantes verdiblancos.

Mientras se peinaba, se fijó en la mujer del espejo. El reflejo la miró con una sonrisa que le curvaba la boca.

—Así que eso es un orgasmo —susurró satisfecha.

Ya nada volvería a ser igual para ella.

Cuando Cat bajó las escaleras, se encontró

con la señora Hannay en el vestíbulo:

–Buenos días –la saludó esta, sonriente. Cat le devolvió la sonrisa, un poco embarazada–. ¿Buscas a Nick? Me pidió que te dijera que está en el despacho.

–Gracias –contestó Cat.

Volvió a sonreír, se giró y echó a andar despacio, como una alumna convocada al despacho del jefe de estudios. Una vez allí, dudó un segundo y llamó con suavidad.

–Adelante.

Cat sintió un cosquilleo incómodo en el estómago, pero empujó la puerta y pasó dentro.

No estaba sentado tras la mesa de trabajo ni frente al ordenador, sino de pie frente a un cuadro: un retrato de su difunto esposo, el cual le había regalado Cat a Nick después de morir Glen.

Glen había felicitado al artista por cómo había captado su alegría, vitalidad y encanto, pero nunca había advertido la inseguridad subyacente que el pintor había notado en su cara.

Cat cerró la puerta y avanzó alerta, respirando el peligro que flotaba en el ambiente, tan palpable que podía olerlo y saborearlo.

–Los rumores son verdad: Glen se suicidó –soltó Nick sin prepararla–. Se estrelló adrede.

Habría esperado cualquier cosa antes que eso. Cat lo miró pálida, desconcertada:

–No te creo –dijo con voz temblorosa–. ¿Por qué iba a hacer algo así?

–Tenía cáncer –Nick extendió la mano como para acariciar la superficie del retrato. Luego se giró hacia ella y la miró a los ojos–. Pensaba que estaba hecho a prueba de balas, que nada podría acabar con él, así que perdió unos meses preciosos antes de decidirse a acudir a un especialista. Le dijeron que su única oportunidad era someterse a una operación que lo dejaría estéril e impotente.

Cat negó con la cabeza, pero aquellos tres últimos meses de matrimonio sin relaciones sexuales cobraron de pronto sentido.

–¿Por qué no lo obligaste a ir al médico antes, Cat? –le preguntó Nick con frialdad–. Tuviste que sospechar que le pasaba algo cuando dejó de acercarse a ti.

–Pero no sabía qué… Creí que tenía una amante –confesó Cat–. No habría sido la primera vez. Ni la segunda. Y por entonces estaba muy preocupada con la salud de mi madre. Aunque no es excusa. Debería haber notado que le pasaba algo.

–Estaba enfrentándose a la idea de que, si lo operaban y lo trataban con radioterapia, no podría cumplir como marido.

–¿Qué? –preguntó con la voz quebrada.

–Glen nunca entendió que tú no lo querías por el sexo, sino que buscabas seguridad –prosiguió con frialdad–. Al fin y al cabo, por eso te casaste con él.

–No debería haberme casado con él –reconoció Cat con amargura–. Tenías razón cuando viniste a verme aquel día... antes de la boda. Estaba buscando una figura paternal que reemplazara el hueco que me había dejado la muerte de mi padre. Pero hice todo lo posible por ser una buena esposa para él.

–Glen vino a verme antes de ir a Inglaterra la última vez –dijo Nick–. Me contó que estaba enfermo y me dijo que había decidido no hacerte pasar por ese calvario.

Cat negó con la cabeza. Tenía los ojos nublados de lágrimas.

–Creía que lo había convencido para que hiciera frente a la enfermedad –prosiguió Nick, inmisericorde–. Pero debería habérmelo imaginado: cuando Glen tomaba una decisión, era consecuente con ella. Lo había planeado todo al detalle para protegerte. Sabía que todos lo achacarían al cansancio por el viaje en avión y el desfase horario.

Convencida, a pesar de sí misma, de que Nick le estaba diciendo la verdad, Cat se hundió en la silla más próxima.

–No lo habría abandonado –aseguró con la vista perdida en el vacío.

–Él sentía que no podía darte nada –murmuró Nick–. Así que se mató... y yo volví a besarte nada más haberlo enterrado. Me desprecio por eso. El beso que te había dado antes de la boda me había perseguido, quemándome como una brasa ardiente. Cuando me tocaste... perdí el control.

–Solo pretendía consolarte –dijo Cat.

Se había acercado a él, le había rozado la mejilla... y se había visto atrapada en una tormenta de pasión que había borrado durante unos segundos cualquier sentimiento al margen de Nick.

–Puede que esa fuera tu intención, pero me deseabas –dijo él.

–Sí –Cat se mordió el labio inferior.

–Y yo te deseaba a ti. ¿Tú también te pasaste los cuatro años de matrimonio fantaseando conmigo?

–No, te tenía tanto miedo que me prohibí pensar al respecto, me negué a aceptar que... que te había deseado. Me escondí de mi...

–Infidelidad –completó Nick.

–Eres muy severo –replicó ella–. Glen no compartía tus mismos principios. Se acostó con al menos dos mujeres más.

–Mujeres que no significaban nada para

él –respondió Nick con cinismo–. Sí, ya sé que es la clase de excusa del adúltero, pero es verdad. Quizá pensó que no te importaría.

–Me fue infiel para castigarme. Cuando insistí en ir a la universidad, empezó una aventura –contestó Cat.

–Lo sé –dijo Nick–. Es una historia muy típica: el hombre maduro, su joven esposa... y el joven traidor.

–Solo que aquí nadie traicionó a nadie... si no tenemos en cuenta ese par de insignificantes escarceos de Glen –añadió con sarcasmo–. Puede que fuese demasiado inexperta, o tonta, para darme cuenta de lo que estaba haciendo al casarme con él; pero le fui fiel, y tú nunca me tocaste ni mostraste interés en mí mientras fui su esposa.

–Ojalá yo pudiera aliviar mi conciencia con la misma facilidad –respondió Nick con testarudez.

–¿Por qué me cuentas esto ahora?, ¿después de... haber hecho el amor? –quiso saber Cat, pero Nick permaneció callado–. Entiendo. Te estás asegurando de que no me haga ilusiones de quedarme aquí.

Hasta ese preciso instante, no había sido consciente de las esperanzas que había ido concibiendo en el fondo de su corazón. Había soñado con vivir con él, superar su desconfianza, conseguir que la viera como una mujer normal, y no como una seductora codiciosa.

Podría haber luchado contra la imagen que tenía de ella, pero no podía hacer nada contra su mala conciencia por lo que él consideraba una traición.

—Glen se mató porque no soportaba la idea de verse disminuido como hombre —prosiguió Cat después de levantarse, mirando a Nick con la cabeza bien alta—. Pues déjame que te diga una cosa: ¡el sexo no es lo único que hace hombre a los hombres! Al parecer, no le importó dejarme sola, llorando aún la muerte de mi madre e impactada por su supuesto accidente.

—Sabía que yo me ocuparía de ti —masculló Nick.

—¿Cómo?, ¿emocionalmente! —explotó Cat—. No creo que esperara que me olvidase de mi madre, que me olvidase de él y que dejara que me dirigieras la vida dócilmente. ¡Resulta degradante! ¡Como si yo fuese un paquete de su propiedad y se hubiese deshecho de mí! —añadió indignada.

Luego se dio la vuelta, salió del despacho y subió corriendo las escaleras para encerrarse en su habitación. Una vez allí, tiró de las mantas con rabia... y se paró. Se quedó mirando las almohadas, aún con la huella de la cabeza de Nick, y sintió que los ojos y la garganta se le arrasaban de lágrimas.

De acuerdo, no había sido más que un sueño. Por mucho que Nick la deseara, por grande que fuera su atracción hacia ella, no podía compararse con su lealtad a Glen.

Si la amara, quizá pudiera perdonarse a sí mismo... y a ella. Pero Nick nunca la amaría.

Llevó las sábanas y las almohadas abajo y se arriesgó a contrariar a la señora Hannay tomándose la libertad de poner una lavadora. Luego buscó a la asistenta y le pidió una caja de cartón.

Así armada, regresó escaleras arriba e hizo las maletas a todo correr.

Cuando hubo eliminado hasta el último rastro de su presencia allí, se paró y miró a su alrededor. Era el final. Salvo que los hados intervinieran, nunca más volvería a ver aquel precioso dormitorio.

De alguna manera, en algún momento a lo largo de los últimos días, había traspasado la línea invisible entre la atracción y el amor. No podía determinar un instante concreto en que hubiera sucedido, no había sido una revelación explosiva, pero había ocurrido. Y como Nick no le correspondía, tenía que alejarse de él y no verlo nunca más si quería alcanzar un mínimo de paz interior.

La sorprendió cuando ya estaba cerrando las maletas.

–¿Planeando tu fuga? –preguntó con tono censurador–. Hicimos un trato, ¿recuerdas? Si no cumples tu parte, yo no cumpliré la mía.

–No voy a echarme atrás –contestó Cat–. Pero Francesca ya no vive aquí, así que tampoco hace falta que lo haga yo.

Nick sabía cómo podría retenerla, que no podría resistirse si la besaba y encendía otra vez la llama de su deseo. Una llama peligrosa, porque amenazaba con quemarlo mortalmente. Si la poseía de nuevo, ¿sería capaz de dejarla marchar? En vez de saciarse, podría descubrir que ya no podía seguir viviendo sin ella. Podría descubrir que quería despertar todas las mañanas junto a Cat y, quizá, algún día…

Un pensamiento escalofriante lo paralizó.

–Tienes razón: puedes irte –contestó finalmente.

Cat se marchó, pero no pudo evitar que Nick advirtiese su expresión dolida. Lo desgarró tanto, que estuvo a punto de detenerla.

Por un instante, se había preguntado qué sentiría si la viese embarazada de su propio hijo.

Francesca se reunió con ellos en el puente del atracadero. Cat admiró lo bien que le sentaba el vestido blanco que lucía, y envidió no tener unas piernas tan largas como las de la otra mujer.

—Subid —los invitó esta, sonriendo a los dos, pero con los ojos clavados en Nick.

A pesar de los celos, Cat no pudo culparla. Comparado con él, el resto de los hombres parecían grises, vulgares y carentes de todo atractivo. Estaba encandilada con él, se dijo pesarosa mientras cruzaba el puente, por el que se accedía a una espaciosa zona en la popa de la embarcación.

—Es un sitio muy agradable para cuando celebramos fiestas grandes —comentó Francesca—. La de esta noche no es grande; solo será una grata velada con algunos conocidos.

Los condujo a otra zona con asientos. Había sofás blancos, con numerosos cojines blancos o azules, así como un mueble bar decorado con flores.

—Estoy deseando que empiece la competición —comentó Francesca, sonriente, sin poder parar de mirar a Nick—. ¿Sabes que los propietarios de los yates han hecho apuestas millonarias?

Nick enarcó las cejas un poco.

—¿No te parece bien? —preguntó Francesca.

—No me gustan las apuestas —contestó él.

—¿Ah, no? ¿Quién fue el que dejó un puesto de trabajo excelentemente remunerado para lanzarse a la aventura en Internet? —repuso ella sin dejar de sonreír—. Te salió bien, no cabe duda; pero en su momento fue una gran apuesta. Y ahora empiezas a expandirte, como todo magnate con ambiciones.

Cat se sentía fuera de juego. Aquel era el mundo de Francesca... Y el de Nick, se recordó apenada.

Y justo entonces, con el reflejo del agua cegándola e iluminando las tostadas facciones de Nick, se dio cuenta de hasta qué punto lo amaba: perdida, desesperada, irrevocablemente, como si los dioses hubiesen decretado que aquel era su destino nada más nacer.

Después de hacer el amor, había comprendido que nada volvería a ser igual; pero al aceptar que no tenían futuro, saboreó el amargo sabor de la taza que había decidido beber. Para ella nunca habría otro hombre y, por tanto, tampoco habría ningún hijo al que cuidar aparte de Juana.

—¿Estás bien? —le preguntó Nick con suavidad, tomándola por un brazo mientras

Francesca enfilaba hacia el salón.

—Sí —aseguró Cat, echando a andar como un autómata. Una vez dentro, desvió la mirada del rostro de Nick y fingió observar la decoración del salón.

Desde que habían hecho el amor, todo parecía un sueño, sobrecargado de significados, como si al despertar esa mañana hubiese atravesado una cortina que la hubiera colocado en otra dimensión.

El recuerdo de lo que habían compartido horas antes enardeció su piel, la calentó por dentro, la dejó sin respiración.

—Espero que no seas de esas pobres personas que se marean antes de salir del puerto —dijo Francesca.

—No suelo marearme —contestó Cat—. Aunque si dirigen mal el barco, no digo que no pueda revolvérseme el estómago.

—¿Está tu padre a bordo, Francesca? —terció Nick.

—Está hablando con Tokio en su despacho... No, aquí viene.

Stan abrió la puerta del otro extremo del salón. Tenía el ceño fruncido; ceño que relajó al ver a Nick.

—Hola, Cathy, bienvenida a bordo —la saludó—. Nick, ven conmigo, a ver qué te parece esto. El viejo Leo Orlich está tramando algo y tengo la sensación de que sé el qué.

Francesca les dedicó a los hombres otra de sus radiantes sonrisas.

–Adelante, el deber os llama –dijo. Luego se dirigió a Cathy–. Te enseñaré tu camarote.

–No tardo nada –dijo Nick en cambio, antes de centrar su atención en los papeles que Stan Barrington le estaba enseñando.

Cat siguió a Francesca en silencio, cruzó todo el salón, con asientos y sofás para acoger a cuarenta invitados, y pensó que tanta opulencia le resultaba turbadora. Era como echar un vistazo a un mundo de riqueza en el que no volvería a poner el pie una vez finalizase aquella farsa.

–Este es –dijo Francesca cuando llegó al camarote–. Si necesitas algo, díselo a la azafata cuando venga a deshacerte las maletas. Serviremos una copa dentro de una hora, así que tienes tiempo de sobra para cambiarte.

Cat la siguió con la mirada mientras se marchaba y cerraba la puerta. Estaba en territorio de Francesca y el instinto le decía que esta la forzaría a mostrar en público su teórica relación de pareja con Nick.

Le entraron sudores fríos.

El camarote era como una casa. Una casa lujosa, pensó mientras observaba la moqueta, los muebles de madera. Una cama ocupaba buena parte de la pieza. Al lado había un sofá. Una puertecita comunicaba con un pequeño cuarto de baño adjunto, resplandeciente. Cuando terminó de explorar el entorno, Cat se duchó y se puso un albornoz.

Una grata velada, había comentado Francesca. Lo había dicho como si fuera a ser una reunión informal, razón por la que había terminado escogiendo un vestido elegante pero sin excederse, de escote pronunciado, sin mangas, que le caía hasta las rodillas, y unas sandalias con unos tacones que la elevaban unos cuantos centímetros.

Luego, echó mano de su habilidad con los cosméticos. Cuando, una vez maquillada, salió del cuarto de baño, vio a Nick sacar unos pantalones del armario que había junto al otro en el que habían colocado la ropa de ella mientras se duchaba.

—¿Qué haces? —preguntó Cat, la cual, de pronto, tuvo la sensación de que el camarote había encogido.

—Decidir qué me pongo.

Aun vestido con unos vaqueros y una camiseta, le recordaba a los piratas: peligrosos, con encanto, carismáticos, indómitos. Su presencia debilitaba sus defensas con una facilidad insultante.

—Pero... —Cat dejó la frase en el aire, limitándose a fijar la vista en la cama.

–¿No creerías que ibas a dormir sola? –preguntó irritado Nick al verla ruborizarse.

–Yo creía que... Francesca...

–Se supone que somos novios, Cat –atajó él–. Lo lógico es que compartamos camarote.

–No pienso dormir contigo.

–Puedes pasarte la noche en el sofá si te apetece –replicó Nick con salvaje indiferencia.

–¡No pienso dormir contigo! –repitió Cat, alzando la barbilla.

–Si te refieres a que no vas a hacer el amor, dilo.

–Muy bien –espetó enojada–. No pienso hacer el amor.

–¿Por qué no? Esta mañana no pareció molestarte –contestó Nick, a pesar de que él había llegado a la misma decisión–. En cualquier caso, no puedes pedir otro camarote.

–Tranquilo, no lo haré –repuso ella, desencajada.

–Perfecto. Yo dormiré en el sofá –sentenció Nick–. Por cierto... estás preciosa con ese vestido.

–Gracias –murmuró Cat, aturdida.

–Voy a ducharme –dijo Nick acto seguido, como si se hubiera arrepentido del piropo.

Cat se desplomó sobre una silla y cerró los ojos. Se recostó sobre el respaldo para intentar relajarse mientras oía caer el agua de la ducha y, luego, el motor de una máquina eléctrica de afeitar.

Recordó entonces el roce de sus mejillas contra su piel y sintió una llamarada dentro del cuerpo. Poco después, Nick salió del baño, con una toalla enrollada en las caderas.

Cat agarró una revista y fingió leerla mientras él se vestía, consciente de que tenía las mejillas encarnadas. «Al menos se disimula con el maquillaje», pensó sin separar la vista de la hoja por la que había abierto la revista.

—Ya puedes mirar —dijo Nick en tono burlón cuando hubo terminado de vestirse.

Con el pelo húmedo de la ducha y recién afeitado, su atractivo resultaba arrebatador. Aunque, al menos, ya se había cubierto su espléndido pecho con una camisa de algodón, y unos pantalones a la medida escondían su estrecha cintura y sus largas piernas.

Cat le lanzó una fría sonrisa.

—¿Sigues enfadada? —le preguntó Nick. Cruzó el camarote en dos pasos, la levantó de la silla y le alzó la cara para obligarla a que lo mirara a los ojos.

—No —contestó Cat, apretando los labios en gesto desafiante.

Nick pasó la yema del dedo pulgar entre sus labios, provocando una violenta y dulce sensación en ella.

–Entonces dime por qué me has hecho el amor esta mañana como si llevaras deseándome tanto tiempo como yo a ti.

–No –susurró Cat mientras él contorneaba el perímetro de su boca con el dedo.

–¿No puedes o no quieres decírmelo? –la presionó Nick.

–Las dos cosas –acertó a contestar Cat con voz temblorosa.

Nick apartó su perturbadora mano, pero esbozó una sonrisa maliciosa. Si intentaba hacerle al amor por la noche, ¿podría resistirse?

Peor aún, ¿querría hacerlo?

–Ponte esto –dijo él al tiempo que sacaba un joyero de un cajón–. No muerde –añadió con sarcasmo al verla retroceder.

Era un collar de perlas azules y negras.

–¿También son de Morna? –preguntó chillando un poco.

–Sí –respondió Nick, el cual le rodeó el cuello con el collar y giró a Cat para que pudiera verse en el espejo de una pared–. Te sientan bien.

Se le cortó la respiración. No estaba mirando las perlas, sino su esbelto cuerpo ensombrecido por la altura de Nick, su cabello rojizo contra aquellos hombros anchos y protectores, sus curvas en contraste con el liso abdomen de Nick.

–Sí –añadió este entonces, al tiempo que

se apoderaba de sus pechos y los pellizcaba hasta hacer que los pezones se le irguieran–. He estado obsesionado contigo desde que te vi. Creía que lo superaría después de hacerte el amor, que no podría haber nada más erótico que mis sueños.

–¿Y lo has superado? –preguntó Cat, medio hipnotizada por sus caricias.

–No, estaba equivocado. Eres muchísimo más erótica que el más húmedo de mis sueños –contestó Nick mientras bajaba las manos hacia la cintura de ella–. Tú tampoco lo has superado.

Cat sintió una cálida corriente que fluía de sus pechos excitados al vulnerable vértice entre sus piernas.

–No, maldito seas –respondió desafiante.

Nick rió, la agarró por las caderas, la giró y la apretó contra su cuerpo excitado. Fue como entrar en contacto con el fuego.

Cat se estremeció. Iba a besarla. Ya estaba de puntillas para recibir su boca. Pero, en el último momento, oyó unas voces afucra y dijo con voz temblorosa:

–Tenemos que salir.

–Sí –contestó Nick con voz ronca. Y esperó a que Cat echara a andar hacia la puerta para añadir–: pero antes ponte el anillo. Quiero que todo el mundo sepa que eres mía esta noche.

Capítulo 9

DURANTE la siguiente hora, mientras bebía agua mineral y picaba unos deliciosos canapés junto al resto de los invitados, no pudo dejar de pensar en las últimas palabras de Nick. Aunque las había pronunciado con una leve ironía, este sabía que le bastaría con rozarla para que se entregase a él.

Cat oyó su nombre, se giró y sonrió tan asombrada como alegre al ver quién la había llamado:

—¡Stephanie! ¿Cuándo has vuelto?

—Hace tres días —respondió la mujer justo antes de darle un cariñoso abrazo—. Llamé a tu casa, pero me dijeron que te habías marchado, al igual que la única persona que sabía dónde estabas. Como no sabían tampoco la dirección de ella, empezaba a preguntarme si debía preocuparme por ti. ¿Dónde te has metido?

Stephanie Cowdray y su apuesto marido

Adam eran las dos únicas personas con las que Cat había establecido una verdadera amistad durante su matrimonio con Glen. Alta y pelirroja, Stephanie había tratado de convencer a Cat de que viviera en su casa durante el semestre que Adam y ella iban a pasar en Inglaterra, pero el terreno en el que este cultivaba sus mundialmente famosas rosas estaba demasiado alejado de la universidad y no habría resultado práctico.

–No te avisé porque me fui de repente, pero...

–Dile la verdad –intervino Nick–. Está secuestrada.

–¿Por ti? –Stephanie deslizó sus ojos azules hacia Nick.

–Por mí.

No la estaba tocando, pero Cat sentía su proximidad como si lo tuviera pegado a la piel, quemándola.

–Entiendo –dijo Stephanie.

Francesca llamó a Nick, el cual frunció el ceño, pero se giró con educación:

–Cariño, quiero presentarte a una persona –dijo ella. Luego, se dirigió a Cat–. Perdona que te lo robe, pero el señor Penn es un hombre encantador y tiene tanta influencia en el gobierno de Estados Unidos, que los mercados financieros se tambalean cuando él frunce el ceño. Te devolveré a Nick en buen estado, te lo prometo.

–En seguida vuelvo –dijo este, y sonrió a Stephanie–. Ya nos conocemos: soy Nick Harding. Tu marido y yo jugamos al squash juntos de vez en cuando.

–Es verdad –Stephanie le estrechó la mano–. ¿Qué tal estás?

–Muy bien, gracias. ¿Has venido con Adam?

–Está en la cubierta, hablando de rosas con el señor Penn.

–¿De rosas? –preguntó Francesca.

–Mi marido cultiva rosas –explicó Stephanie, esbozando una sonrisa radiante.

–Sus rosas van camino de convertirse en las más famosas del mundo –añadió Nick–. Su Stephanie triunfa allá donde la plantan –agregó, esbozando una sonrisa deslumbrante, que mostraba admiración hacia una bella mujer sin el menor cariz sexual.

–¡Ah!, ¡Adam Cowdray, claro! –exclamó Francesca, rescatada por sus prodigiosos instintos como anfitriona–. Perdona, pensarás que soy una despistada. Voy a llevar a Nick un momento afuera; a ver si luego podemos charlar un rato.

–No tardo nada –le dijo este a Cat en un tono a medio camino entre la promesa y la advertencia.

Y, entonces sí, siguió a la anfitriona a la cubierta.

—Nunca pensé que los Barrington y Nick Harding tuvieran mucho en común —comentó Stephanie cuando este y Francesca se hubieron ido.

—Dinero, por ejemplo.

—No seas cínica, por favor. Tú tienes mucho más estilo.

Cat recordó que el hermano de Stephanie era un magnate británico que había amasado otra enorme fortuna.

—Perdona. Es verdad que ha sido un comentario cínico… y fuera de tono.

—También es verdad que los dos se encuentran en la lista de hombres más ricos del mundo —concedió Stephanie con justicia—. No me extraña que el señor Barrington lo tenga en buena estima. La mayoría de la gente no comprende el mundo de la informática, pero sabe que Nick es el amo en esta parte del planeta. Hizo bien en salir del nido de Glen. Hacía un buen trabajo con él, pero no aprovechaba todo su talento.

—Glen creía que Nick era su propia obra de arte.

—Le dio su primera oportunidad —reconoció Stephanie—, pero habría llegado arriba de cualquier manera. Tiene esa mezcla de firmeza, inteligencia y sólido sentido común que caracteriza a los magnates.

—Nadie mejor que tú para decirlo —comentó Cat, tratando de imprimir un tono desenfadado a su voz—. Es una buena descripción de tu marido y tu hermano. Los hombres así son peligrosos.

—E intrigantes.

—Desde luego —contestó Cat con diplomacia.

—Creía que no te caía bien —dijo su amiga entonces.

—Es una larga historia —respondió Cat tras vacilar un instante.

—¿Y no estás segura de si quieres contármela?

—No aquí, en cualquier caso.

—Sé que tu madre estaba deseando que te casaras con Glen; una vez me dijo que su peor temor era morir dejándote sola —comentó entonces Stephanie—. Es comprensible, aunque eres mucho más fuerte de lo que ella creía. Puedes cuidar de ti misma sin problemas... y no necesitas tener al lado a ningún hombre en el que apoyarte; ni siquiera a Nick Harding. Puede que lo desees...

—¿Tanto se nota? —Cat se ruborizó.

—Podría haber cortado la tensión con un cuchillo... Solo te digo que tengas cuidado,

¿de acuerdo? Y si alguna vez te apetece hablar con alguien, ya sabes dónde estoy.

Entonces, como avisada por un sexto sentido, Stephanie giró la cabeza y su rostro se iluminó al ver a su marido.

Cat contuvo un suspiro. El intimidante rostro de Adam Cowdray no revelaba ni un ápice de sus pensamientos, pero la sonrisa que le lanzó a su esposa habló con elocuencia, sin necesidad de palabras, de sus profundos, enraizados y primitivos sentimientos hacia Stephanie... lo que no hizo más que intensificar la sensación de vacío por su relación con Nick.

Una hora más tarde, después de un viaje al baño, Cat regresó al salón y se quedó de pie, mirando a su alrededor. Con Glen nunca le había faltado nada, pero aquello era diferente: entre los invitados había algunas caras a las que solo había visto en noticias internacionales.

Y ese era el mundo de Nick.

Al verlo entre los hombres más poderosos de la tierra, pensó que irradiaba autoridad y energía. Aunque no hubiera nacido en el seno de una familia rica, su integridad e inteligencia le habían hecho ganarse el respeto de los hombres con los que estaba hablando. En lo esencial, era uno más de ellos.

Por otra parte, daba igual lo que estos

pensaran. Nick tenía sus propios principios, valores y ambiciones. No le importaba lo que los demás pensaran de él.

Como si hubiese intuido que lo estaba mirando, Nick giró la cabeza hacia ella y le dedicó una sonrisa que le derritió los huesos. Luego, le dio una orden silenciosa con la cabeza.

Su orgullo la invitó a desobedecerlo, pero recordó por qué estaba allí y se acercó a su lado.

—Hola, cariño —Nick la rodeó posesivamente mientras la presentaba.

Uno de los hombres, bajito y vestido con más elegancia de lo que la ocasión requería, le preguntó con un fuerte acento inglés:

—¿Es usted neozelandesa, señorita Courtald?

—Sí.

—Las hacéis bonitas aquí —le dijo Julian Forrester a Nick.

—E inteligentes —añadió Nick, apretándola un poco más en respuesta al descaro del otro hombre.

—Tened cuidado con ella —terció Adam—. Os restregará cualquier tontería que podáis decir.

—No soy tan maleducada —contestó Cat, sonriéndole—. Eso lo hago solo con los amigos.

–Debes de tener una vida llena de emociones, Harding –comentó Julian Forrester entonces.

–Tantas como puedo afrontar –replicó Nick con frialdad, antes de llevar la conversación por otros derroteros.

Mientras escuchaba, Cat pensó que no le caía bien el inglés insolente. Adam siempre tenía algo interesante que aportar, pero el otro hombre, un alemán afable, solo sabía hablar de mercados financieros. Se alegró cuando Nick, después de excusarse, se la llevó para hacer un aparte con ella.

–Estás bebiendo agua mineral desde que hemos llegado –observó él–. ¿Quieres una copa de champán?

–No diría que no.

Como por arte de magia, un camarero apareció con una bandeja y Nick tomó dos copas.

–¿Salimos? –sugirió este mientras le daba una–. Se está más tranquilo en la cubierta. Podemos contemplar la noche –añadió sonriente.

Cat lo siguió como hipnotizada entre la multitud. En la cubierta, en efecto, se estaba más tranquilo, pues estaba vacía.

–¡Qué vista tan bonita! –exclamó ella mientras se acomodaba sobre un sofá, mirando las luces de la ciudad. Cat deseó haber conocido a Nick en ese instante, sin barreras del pasado.

Pero el sentido común le recordó que la barrera que los separaba era Glen y que, al mismo tiempo, era él quien los había unido.

–¿En qué piensas? –le preguntó Nick después de sentarse a su lado.

Por un momento, estuvo a punto de decírselo; pero al final respondió:

–Has comprado el collar adecuado. Las perlas negras están gustando mucho. Al menos tres mujeres me han preguntado dónde las he comprado. Les he dado a todas el nombre de Morna.

–Bien. No le vendría mal un poco de publicidad internacional.

–Tiene mucho gusto –comentó Cat mientras miraba destellar la tanzanita del anillo.

–Mucho –respondió él con voz neutra–. ¿Qué más están comprando?

–Vinos. Sobre todo blancos, aunque también han mencionado algunos tintos excelentes. Y mobiliario para jardines –dijo antes de dar un sorbo de champán.

–¿Mobiliario para jardines? –Nick enarcó una ceja.

–A una mujer le ha gustado tanto una marca de sillas que se ha comprado un almacén entero –explicó sonriente Cat y él rió.

–Entonces, por los fabricantes de mobiliario para jardines –Nick alzó su copa y, tras un momento de duda, Cat se unió al brindis.

La marea había bajado. El aroma de los jarrones de flores se mezclaban con la sal del mar y las fragancias de seductores perfumes.

Cat miró de reojo a Nick y pensó que aquel interludio acabaría pronto. Nick habría alejado a Francesca sin herirla demasiado y ella tendría el dinero para pagar la operación de Juana.

¿Pero cómo podría seguir viviendo sin él?

Una y otra vez la pregunta resonaba desesperadamente en su cabeza mientras permanecía a su lado, hablando poco, dando pequeños sorbos de champán resguardados en la oscuridad de la noche, hasta que Francesca fue a buscarlos.

Después de marcharse la mayoría de los invitados, incluidos los Cowdray, sirvieron la cena en otra habitación. Uno de los que aún no se había ido, advirtió Cat con cierta zozobra, era el inglés insolente.

–Todavía es pronto para irse a la cama –dijo Francesca con alegría después de cenar–. Creo que en el muelle hay un buen pub. ¿Se apunta alguien? ¿Cathy? ¿Nick? –añadió, desafiándolos con la mirada.

—Conmigo no contéis —dijo Nick.

De pronto, Cat pensó en la enorme cama del camarote; pero había dicho que dormiría sola y lo cumpliría.

—Conmigo tampoco —dijo de todos modos.

Nick manejó con elegancia las protestas de Francesca, pero cuando Julian Forrester dijo que él también tendría prisa por encerrarse en el camarote, sonriendo con descaro a Cat, los ojos de Nick destellaron amenazantes. No fue más que un instante, pero suficiente para amedrentar al otro hombre.

—Está bien, los que queráis bailar un rato, venid conmigo —dijo Francesca.

La siguieron varios invitados. Mientras todos los demás charlaban fuera, Stan los invitó a una última copa.

—Buena idea —dijo Nick mientras agarraba de la mano a Cat.

En un rincón recogido de la pieza, Stan sirvió whisky para Nick y para él, y agua mineral para Cat. Tomar la copa le proporcionó una excusa para apartar la mano de Nick.

—¿Y qué?, ¿cuándo vas a hacer de este pirata un hombre honrado? —preguntó Stan, abarcándolos con la mirada mientras se sentaba.

¿A qué venía eso?, se preguntó alarmado

Nick. Si Francesca creía que podía utilizar a su padre para interferir, le demostraría que estaba muy equivocada.

Pero Cat se adelantó, respondiendo con desparpajo:

–Cuando esté preparada.

«Inteligente», se dijo Nick.

–¡Qué generación la vuestra! –exclamó Stan tras soltar una risotada–. ¿Qué os lo impide?

Antes de que Nick pudiera contestar, Cat miró a Stan.

–Ya me casé una vez. Era muy joven y no sabía de verdad lo que estaba haciendo –dijo con seriedad–. Esta vez quiero estar segura de que sé lo que estoy haciendo.

Nick no tuvo más remedio que admirar su talento.

–Pero ya lo habéis decidido –insistió Stan.

–Yo sí, pero no pienso dejar que comprometas a Cat para que haga algo para lo que no está preparada –terció Nick, mirando a su anfitrión a los ojos. Agarró la mano de Cat de nuevo y entrelazaron los dedos–. Pero serás de los primeros en enterarte cuando nos decidamos a dar el paso –añadió para suavizar sus palabras.

–Eso espero –dijo Stan, y cambió de tema.

Media hora más tarde y ya en el camarote, Nick dijo entre dientes:

–Voy a asegurarme de que no vuelvas a quedarte a solas con Julian Forrester. Una impertinencia más y le hago que se trague los dientes.

–Algunos hombres ven a todas las mujeres como presas –Cat se encogió de hombros–. O como una mercancía –añadió para poner cierta distancia con Nick, al tiempo que se quitaba el collar de perlas.

–¿Se puede saber qué quieres decir con eso?

–Este no es un anillo de pedida –contestó Cat, mirando el brillo de la tanzanita–. Y después de negarte a ir a bailar, no es extraño que Forrester piense que tú eres el que manda y que yo soy una mujer a la que se puede comprar.

–Un anillo, ya sea de pedida o de boda, no distingue a las mujeres que se pueden comprar de las que no se pueden comprar. No vuelvas a decir eso –replicó Nick en tono letal.

–¿Por qué no? Es lo que tú piensas.

–Al principio sí –reconoció él tras un tenso momento de silencio–. Pero luego hablé con tu madre y comprendí tu situación.

–Qué considerado –replicó Cat con ironía–. Seguro que tuviste unas conversaciones interesantísimas con mi madre.

–Simplemente, me vino a decir que habías

sido una niña a la que habían educado en la idea de que los hombres cuidan de las mujeres.

–Es verdad. Pero cuando accedí a casarme con Glen, pensaba de verdad que lo quería –aseguró Cat–. Luego, nos presentaron y me miraste como si fuese una prostituta.

–Jamás pensé algo así –replicó él, mirándola a los ojos–. Eras muy joven. No te culpé por buscar una salida fácil.

¿Habría cambiado el concepto que tenía de ella?, se preguntó Cat sin atreverse a hacerse ilusiones.

–¿A qué ha venido el interrogatorio de Stan? –inquirió entonces.

–Quería cerciorarse de que Francesca no tiene ninguna oportunidad –supuso Nick–. ¿Quieres entrar en el baño? Yo dormiré en el sofá –añadió, dando por zanjada la anterior cuestión.

Hasta ese instante, Cat no se dio cuenta de que llevaba todo el día esperando a que Nick la estrechara entre sus brazos.

–No seas tonto –Cat miró hacia la cama y esbozó una débil sonrisa–. Hay espacio suficiente para los dos.

–¿Estás segura?

–Sí –dijo–. Voy a darme una ducha antes de acostarme.

Cuando salió, el camarote estaba vacío. Cat se puso uno de sus nuevos camisones, se metió en la cama, se tumbó dando la espalda al otro lado y buscó el sueño con ahínco. Media hora después, la puerta del camarote se abrió y, al cabo de unos segundos, oyó a Nick meterse en el cuarto de baño.

«¡Cálmate!», se ordenó, pero no pudo evitar permanecer en tensión hasta que lo oyó salir y lo sintió meterse entre las sábanas. «Tú lo has querido», se recordó. Nada de sexo y nada de hacer el amor y arriesgarse a que se le rompiera el corazón.

Pero, entonces, ¿por qué se sentía tan vacía?

–Duérmete, Cat –murmuró él.

Cuando despertó, ya había amanecido. Miró al techo desconcertada, pero no tardó en recordar dónde estaba.

A pesar del aire acondicionado, había tirado las sábanas al suelo. Temblorosa por el refrescar del alba, giró la cabeza despacio, con cuidado. Nick estaba tumbado de espaldas a ella. Observó maravillada sus hombros desnudos, el cabello ensortijado de la nuca, el contraste de su pelo negro y su piel tostada sobre las sábanas blancas...

Se ruborizó al ver unas pequeñas marcas en su espalda. Eran sus uñas, las cuales le había clavado mientras gritaba su nombre convulsionada y en éxtasis debajo de él.

«Ayer a esta hora no había hecho el amor con Nick. No había vivido», pensó. «Ayer a esta hora no sabía que lo quería. Sabía que estaba en peligro, pero no comprendía que estaba arriesgándome a que se me rompiera el corazón».

El día anterior, a esa hora, todavía estaba a salvo.

Pero esa mañana, tumbada junto a él, comprendió que solo en sus brazos había descubierto lo que significaba ser mujer. Hasta entonces, no había sabido que pudiera sentirse tal felicidad con un hombre.

Y saberlo hacía que le doliera el corazón. Desesperada por evitar el dolor, intentó convencerse de que se sentía mejor porque Nick no la despreciaba tanto como antes.

Pero no le sirvió de alivio. Ella quería mucho más. Quería alcanzar cimas de placer inimaginables y dejarse caer por el precipicio junto a Nick. Quería desayunar con él todos los días, ser la madre de sus hijos...

Quería reírse con él y hablar con él y reñir con él y hacer las paces con él; quería apoyarse en él y prestarle todo su apoyo. Quería lo que Stephanie tenía con Adam:

confianza absoluta; la confianza de un amor sólido como una roca.

Y lo quería todo envuelto en el amor del hombre que dormía junto a ella; un amor, aceptó con amargura, que no estaba a su alcance.

Nick jamás se permitiría quererla; cualquier sentimiento que tuviera por ella le resultaba un inconveniente.

Se despertó de repente, alerta. Se tumbó boca arriba, giró la cabeza y la miró:

—Buenos días —dijo con la voz aún tomada por el sueño.

—Buenos días —contestó Cat con formalidad.

Nick bostezó y se estiró con la naturalidad de un gran gato antes de darse la vuelta hacia ella.

Cat apretó los dientes. Tuvo que contenerse para no acariciar su bronceada piel, para no deslizar los dedos por el incipiente vello de su barba...

—Eres tan valiente, que había olvidado lo delicada que eres —murmuró Nick, posando la vista con suavidad sobre los hombros de ella.

—Tú en cambio eres grande. Pero te mueves como una pantera, todo agilidad y fuerza.

Durante un tentador segundo, sus miradas se enlazaron. Nick esbozó una sonrisa ganadora y colocó un dedo sobre la base del cuello de Cat.

–¿Como una pantera? –susurró él–. Entonces hacemos buena pareja, porque a veces lanzas unas sonrisas felinas que me vuelven loco.

Nick bajó la cabeza y le rozó los labios con la boca….

Cat dejó caer los párpados. Todo su ser le suplicaba entregarse a aquella dulce tentación, pero apretó los puños para no perder el control.

Y Nick no la forzó. Sin mediar una sola palabra más, se giró, salió de la cama y se dirigió al cuarto de baño. Alto, desnudo y reluciente bajo el sol de la mañana, parecía un dios primitivo del principio de los tiempos.

Cat seguía acostada cuando volvió, con una toalla enrollada en la cintura, su cabello y sus hombros perlados aún con las últimas gotas de agua.

–Levántate –dijo desabrido camino de su armario.

Fue como una bofetada. Cat abandonó la cama. Se alegraba de llevar puesto uno de los camisones que Nick le había comprado.

–No te va a funcionar –dijo él con frialdad, resistiéndose a la insinuante oferta de Cat.

–¿Cuánto tiempo vamos a estar en este yate? –preguntó entonces ella, disimulando lo humillada que se sentía por aquel rechazo.

–Hoy y mañana.

–Va a ser interesante –murmuró Cat.

–Exasperante más bien –matizó Nick, mirándola con dos llamas en los ojos–. Hoy iremos a Isla Kawau. ¿Necesitas pastillas contra el mareo?

–No, gracias. Tengo un estómago de hierro –respondió Cat, a la cual le pareció estúpido conmoverse por aquella pequeña atención por parte de Nick–. Estoy deseándolo –añadió camino del baño.

Capítulo 10

COMIERON en una pequeña isla deshabitada: un picnic servido por las azafatas del yate y dirigido por el cocinero. Luego, hubo una pequeña lucha por tomar una buena posición desde la que ver el comienzo de la carrera.

–Hace una tarde perfecta –dijo Francesca, jubilosa–. Cielo despejado y viento suficiente para una carrera rápida. ¡Y el lugar es espléndido! Nick, ¿cómo no me habías hablado antes de este sitio tan maravilloso?

Pero, sin tiempo para que este respondiera, se oyó un disparo y los tres grandes y bellos juguetes de los multimillonarios cruzaron la línea de salida.

No importó que Cat apenas supiera sobre carreras de yates: una felicidad fugitiva se instaló en su corazón. Nadie, pensó, sentada en la cubierta junto a Nick, nada ni nadie podría robarle aquel precioso momento.

Cuando la carrera terminó y el vencedor hubo celebrado el triunfo, la expedición emprendió rumbo a una bahía de Isla Kawau, donde echó el ancla.

La fiesta tenía lugar en el jardín de una casa victoriana, antigua residencia de un gobernador de Nueva Zelanda, muerto años atrás. A juzgar por las plantas que embellecían su propiedad, había sido un buen aficionado a la jardinería.

Al anochecer, Cat volvió al yate a cambiarse y se decantó por el otro vestido de noche: un modelo azul que caía suelto sobre su cuerpo y destacaba sus hombros y la suave curva de sus pechos. Se calzó unas sandalias y, en esa ocasión, no se puso más joyas que el anillo de tanzanita.

Otros no fueron tan sobrios. La mayoría de las mujeres y unos cuantos hombres relucían literalmente de tantas joyas como llevaban, ataviados con diseños exclusivos salidos de las páginas de las revistas de moda más elegantes.

Pero nada de eso podía compararse con el magnífico paisaje de la playa, esa mágica combinación de arena y agua que hacía exclamar de admiración al más viajado de los invitados.

Tal como había hecho durante el resto del día, Nick la mantuvo cerca de él; pero, después de cenar, se acercó un hombre cuya cara recordaba de la fiesta de la noche anterior.

—El señor Penn quiere hablar conmigo —le informó Nick segundos después, tras hacer un aparte con Cat.

—Adelante —contestó esta sonriente—. Yo voy a sentarme bajo esa gigante higuera de la playa.

—Volveré lo antes que pueda.

Cat asintió con la cabeza y miró a Nick marchar hacia la silla de ruedas a la que estaba confinado el señor Penn. Luego, sonrió y echó a andar hacia el árbol. Alguna persona atenta e inteligente había puesto sillas debajo, pero estaban vacías.

Cat se sentó y experimentó una extraña sensación de felicidad, allí sola, contemplando la luna reflejada en las plateadas aguas de la bahía.

Un movimiento captó su atención. Era una mujer morena, esbelta, vestida de negro. Aunque Cat solo la había visto dos veces antes, supo al instante quién era: Morna Vause, la amiga de la infancia de Nick, la que había diseñado su anillo y el collar de perlas.

—Hola, Cathy —la saludó Morna. Algo en su mirada, ligeramente desenfocada, hizo que Cat se preguntara si no habría bebido un poco de más—. Nos encontramos de nuevo.

—Me alegro de volver a verte —dijo Cat con cautela.

Morna esbozó una sonrisa cargada de una ironía que a Cat le pareció merecida y se sentó junto a esta.

—El anillo te sienta genial. Muchos compradores no se dan cuenta de que las joyas deben encajar con las personas que las llevan. Cuando Nick me encargó el collar, elegí unas perlas de tamaño intermedio. Podría haber usado unas más grandes, pero te habrían comido la cara.

Cat miró el exquisito anillo que simbolizaba todo lo que había de fraude en su relación con Nick.

—Eres un genio.

—No tanto —dijo la mujer—. Lo sabía todo de ti.

Algo no iba bien, intuyó Cat, inquieta.

—Supongo que Nick te hizo una descripción de mí.

—Ya sabía cómo eras. Unos amigos —Morna hizo que la palabra sonase como un insulto— me habían enviado unas fotos de tu boda, así que sabía que eras pequeña, delicada y bonita. Y joven.

—Me temo que no...

—No nos conocimos hasta que Nick nos presentó en la joyería porque, cuando Glen decidió que tú serías la esposa perfecta, me mandó al extranjero para que no le causara problemas.

—¿Qué?

—Me asombra que nadie te lo haya dicho, o que no lo hayas adivinado. Debes de haber ido por ahí con los ojos cerrados y los oídos tapados. Nuestra ruptura fue una conmoción en Auckland —Morna hizo una pausa para dar un sorbo a la copa que sujetaba en la mano—. Me pregunto qué verán en ti los hombres para encontrarte tan irresistible... Bueno, no: sí sé lo que ven. La belleza es muy injusta y los hombres son más estúpidos todavía.

—Este no es el sitio para tener esta conversación —dijo Cat con calma. Pero la cara de Morna indicaba a las claras que no estaba dispuesta a aplazarla.

Entonces, se acordó de algo que le había dicho la hermana Bernadette. Acababa de separarse de una mujer, deshecha en llanto hasta perder el conocimiento, la cual lamentaba la pérdida de toda su familia, asesinada por los rebeldes durante la guerra.

—Ojalá pudiera hacer algo por ella. No tengo palabras para consolarla —había dicho Cat—. Solo puedo sujetarle la mano y apretarla, y es tan poco...

—Es todo cuanto puede nadie hacer: dejar que se desahogue —había contestado la monja con su marcado acento australiano–. La gente necesita ser escuchada, alguien en quien descargar las penas un poco. Haz eso y ya habrás ayudado más de lo que piensas.

Y eso sí podía hacerlo por la amiga de Nick: escuchar.

–¿Que no es el sitio para esta conversación? –repitió Morna entonces–. Mala suerte. No creo que vaya a tener otra oportunidad de acercarme a ti. Nick te vigila como si fuera un carcelero. Aunque no vuelva a dirigirme la palabra, voy a sacarme esta espina del pecho. Cómo no, él se echa la culpa por haber sido quien me presentó a Glen. Me enamoré de él y él me quería. Vivimos juntos cinco años. Creía que conseguiría el lote completo: boda, niños, final feliz; todo lo que se supone que las mujeres ya no quieren porque es mejor ser independiente y triunfar en el trabajo.

Hablaba con tal dolor, que Cat posó una mano sobre la que Morna tenía en la mesa, pero esta la retiró de inmediato.

–¡No te atrevas a compadecerme! –espetó–. Pero Glen no quería todo eso conmigo. Te conoció, tan dulce, joven e inocente, y antes de que pudiera enterarme, me había mandado a Nueva York. Sí, era la oportunidad de mi vida; estudié en los mejores estudios de diseño… pero fue como un beso de despedida.

–No lo sabía –dijo Cat, aunque empezó a entender algunas indirectas, algunas conversaciones cortadas de raíz. ¡Qué ciega había estado!

–Le pregunté por qué –prosiguió Morna–. Quería que fuese valiente y me dijera por qué me dejaba. Pero no lo hizo. Así que se lo dije yo: no soportaba la competitividad; era tan inseguro que siempre se rodeaba de gente joven, porque lo admiraban y apoyaban.

Sí, eso tenía sentido, pensó Cat. Pero Morna siguió hablando sin darle oportunidad de intervenir:

–Y eso justo es lo que buscaba en una esposa: una mujer maleable y joven, que fuese todo lo que él no era.

–Lo sé –dijo Cat. Y cuando la chica que escogió resultó no ser tan obediente como había esperado e insistió en ir a la universidad, la castigó siéndole infiel.

–No era un hombre difícil de entender, mi pobre Glen. Al menos, Nick se mantuvo a mi lado. Le dijo a Glen lo que pensaba de él –continuó Morna–. Se alejó de él para estar conmigo, me cuidó, voló a Nueva York cuando yo estaba triste... Su lealtad me salvó la vida. De no haber sido por él, me habría suicidado.

–Lo siento mucho –Cat trató de olvidar

que al morir Glen ella no había tenido a nadie a su lado.

No, tampoco era cierto; sí había contado con la ayuda de algunos amigos.

—Sí, creo que es verdad que lo sientes —concedió Morna—. Te he estado observando. Intentas ocultarlo, pero estás enamorada de Nick. Espero que no pienses que él te corresponde. Está disfrutando de tu compañía, pero nunca se sentirá a gusto durmiendo con la esposa de Glen. La lealtad es un arma de doble filo, y Nick es leal tanto a mí como a Glen... Quizá, cuando te abandone, podamos quedar un día e intercambiar historias sobre qué se siente cuando te traicionan y te arruinan la vida.

—Nick no me traicionará —afirmó Cat. Porque ella no se lo permitiría. Había asumido el final de su aventura antes que empezara incluso. Se retiraría con dignidad. El orgullo era lo único que le quedaba, y al menos eso la mantendría recta.

—Quizá sea tu ingenuidad lo que los atrapa —comentó Morna—. Pero no te servirá con Nick. Él no confía en las mujeres. Salvo en mí, claro. Y no seguirá confiando en mí cuando se entere de que te he contado todo esto.

—No tiene por qué enterarse —respondió Cat.

–¿Sabes por qué no confía en las mujeres? –prosiguió Morna, sin hacerle caso–. Su madre lo abandonó cuando tenía siete años. Un día volvió del colegio y se había marchado. A su casa se había mudado otra familia. Él se quedó ahí, perplejo.

–¡Dios! –susurró espantada Cat.

–Su nuevo novio no quería a Nick, así que lo dejó tirado como a un calcetín viejo. Mi madre lo acogió... aunque vivir con nosotros no ayudó a mejorar las cosas –añadió con amargura.

–Tu madre debió de ser una mujer amable –comentó Cat.

–Solo porque costaba menos que enfadarse –replicó la otra mujer–. Se pasaba el día pegada a la televisión, porque no tenía dinero ni ilusiones. Nos educamos los dos solos. Pero Nick y yo siempre supimos que queríamos más. Estábamos solos contra el mundo entero, pero yo podía confiar en él y él podía confiar en mí. Cuando hubo ganado suficiente dinero, consiguió que me admitieran como aprendiz en una joyería. Y cuando Glen me abandonó, Nick lo dejó y se estableció por su cuenta.

–Comprendo –dijo Cat, la cual se preguntó si aquella habría sido la verdadera razón por la que Nick había roto con Glen.

–Te odié durante años. ¿Por qué odiamos

a la persona que nos sustituye, y no a la que nos echa de su vida? –Morna se encogió de hombros–. Supongo que forma parte de nuestra naturaleza. Curiosamente, ya no te odio, y creo que hasta podría perdonar a Glen.

–Siento mucho que lo hayas pasado tan mal –dijo Cat con delicadeza– y me alegra que Nick estuviera a tu lado para apoyarte.

–Crees que soy frágil, que me regodeo en mi miseria, ¿no? –contestó la otra mujer–. Ya me dirás lo que sientes cuando Nick te deje... y créeme: te dejará. Nunca dejará que otra mujer lo abandone como su madre... antes se marchará él. Por mucho que te desee, por muy hechizado que lo tengas, es lo bastante fuerte como para expulsarte de su vida, y lo hará. Lo que de verdad me gustaría averiguar es por qué han perdido la cabeza por ti los dos hombres menos sentimentales que he conocido en toda mi vida. Desde luego, no eres la típica muñequita.

–Lo tomaré como un cumplido –dijo Cat con sequedad, preguntándose si podría ayudar a Morna de alguna manera. Parecía que escucharla sin más no estaba surtiendo efecto; pero tampoco la conocía lo suficiente como para hacer otra cosa.

–La verdad es que me siento mejor –dijo de pronto Morna tras apurar el champán que le quedaba–. Ha sido como... quitarme la presión –añadió. Y, de pronto, sorprendió a Cat dejando asomar unas lágrimas a los ojos.

–¿Qué pasa aquí! –preguntó de repente Nick, al que ninguna de las dos había oído acercarse.

–Nada –respondió Morna, inquieta–. Solo hemos estado charlando, ¿verdad, Cathy?

Cat no supo cómo reaccionar, pues tras aquella violenta irrupción, Nick se acercó a Morna y le tendió una mano:

–¿En qué barco estás?

–En el Seamew.

–Te acompaño de vuelta.

La rodeó por los hombros y tiró de ella con suavidad. Morna se levantó con elegancia, sin mirar a Cat.

–Estoy bien –dijo con voz cansina–. De hecho, me siento mejor que bien. Vacía, pero un vacío bueno.

Nick miró a Cat.

–¿Te importa si llevo a Morna...

–En absoluto –se adelantó Cat.

Nick pareció sorprendido, pero sonrió a la mujer que tenía a su lado y dijo:

–Vamos.

El corazón de Cat empezó a latir con fuerza, despacio, mientras los miraba alejarse. Aunque no había nada sexual en la manera en que Nick miraba a Morna, le hablaba o la tocaba, sí había afecto y cariño, una ternura que jamás había mostrado con ella.

Esa ternura le dolió más que ninguna otra cosa en toda su vida. Todos sus sueños habían estado basados en una esperanza desatinada, y tomar conciencia de la realidad le rasgó el corazón como si le hubiese atravesado un cuchillo.

–Un poco grosero por su parte, irse con otra mujer.

Antes de girarse hacia el intruso, Cat reconoció su acento inglés. Esbozó una sonrisa forzada mientras Julian Forrester se sentaba junto a ella y la miraba sin disimulo.

–Una fiesta estupenda, ¿verdad? –comentó ella con cautela.

–Mejor ahora que estoy contigo –respondió él–. ¿Te apetece otra copa?

–No, gracias.

Podría ser que aquel hombre la hiciese sentirse incómoda, pero solo Nick podía herirla o intimidarla.

–Te he estado observando, tratando de averiguar por qué no encajas –dijo él–. Al final he llegado a la conclusión de que es tu cara patricia. Siempre detecto a las personas de buena cuna.

–¿De veras? –Cat se sintió como si fuese un animal al que estuvieran catalogando.

–Destacas entre este puñado de nuevos ricos como una flor en un campo de cardos.

Cat se preguntó si aquella tosca aproximación al coqueteo le funcionaría alguna vez. Quizá con alguna mujer sin la menor confianza en sí misma.

–Esos nuevos ricos han trabajado muy duro para llegar donde han llegado. Lo que significa que han hecho por su cuenta lo que no hizo algún lejano antepasado –replicó Cat–. Y no me parece muy educado criticar a las personas cuya hospitalidad has aceptado –añadió, mirándolo a los ojos, justo antes de ponerse de pie.

–De eso nada. Tú no te vas a ninguna parte –dijo el hombre, reteniéndola por la muñeca con fuerza–. ¿Quién diablos crees que eres? No eres más que una de esas golfas que van detrás de un millonario a ver si pillan algo. Puedes sentarte y fingir que te caigo bien, o me encargaré de arruinar el contrato que intenta cerrar tu actual amo.

–No sabes de qué hablas.

–Por supuesto que sí. De hecho, si no cambias de actitud en seguida, quizá le sugiera que, si quiere que el contrato siga adelante, me preste a su mujercita un rato. Puede que él tenga el dinero, pero yo tengo los contactos y, si aprieto los botones precisos, su precioso proyecto se irá al traste –añadió, mirándola con desdén.

–No puedes ser más vulgar –contestó Cat mientras calculaba el momento de liberarse.

–Pero a ti te gustan los hombres vulgares. Si no, no estarías acostándote con uno que creció en la calle –respondió él con maldad–. A no ser, claro, que te guste más el dinero que los buenos modales.

–Suéltame –dijo Cat con serenidad.

–Cuando te hayas sentado.

–Suéltala –ordenó de pronto Nick con una amenaza de muerte en el tono de voz.

No la sorprendió que el hombre que la había estado agarrando le soltara la muñeca como si se hubiese puesto incandescente.

–Tranquilo, hombre –dijo él mientras se ponía de pie.

Pero Nick no le hizo caso. Tomó la mano de Cat y se puso rojo de ira al ver las marcas de los dedos del inglés sobre la muñeca de ella.

–No lo hagas –se adelantó Cat.

–¿Que no haga qué?

–No merece que le pongas la mano encima –dijo ella, obligándose a mantener la calma–. Es basura. Te ensuciarías.

Nick sonrió y se llevó la mano de Cat a los labios durante un largo segundo. Luego la soltó y miró al hombre que permanecía de pie frente a ellos, con la cabeza bien alta, tratando en vano de ocultar su nerviosismo.

—Escúchame, Forrester. Como vuelva a verte a menos de diez metros de ella, te daré lo que estás buscando.

—Soy consciente de que no puedo pelear contigo, pero no te tengo miedo.

—Yo no peleo con hombres que no me llegan a la suela del zapato —se burló Nick—. Te vas con la cara intacta, pero cuidado con tu empresa.

Julian Forrester palideció.

—¿Qué tiene que ver mi empresa con esto?

—Vuelve a molestar a mi mujer y te aseguro que lo comprobarás. No solo te las tendrás que ver con mis puños, sino que dedicaré todo mi empeño en buscarte la bancarrota.

—¿Por una mujer? —preguntó Julian Forrester incrédulo—. Vamos, hombre, por qué discutir por una pequeña…

—Basta —atajó Nick, el cual volvió a tomar la mano de Cat—. Desaparece de mi vista.

Julian Forrester lo miró, se dio media vuelta y echó a andar.

—Siempre pensé que aunque te faltaran otras cosas, tenías cerebro —dijo enrabietado cuando estuvo fuera del alcance de Nick—. Pero ya veo que estaba equivocado.

A pesar de su iniquidad, su retirada fue

la de un contrincante derrotado, desesperado por salvar la poca dignidad que le quedaba tras salir magullado de un enfrentamiento.

—Dijo que podía arruinar un contrato que estás cerrando —se apresuró a señalar Cat.

—¡Que más quisiera él! ¡Pobre gusano! —contestó Nick—. Tengo que hablar contigo —añadió tras mirar a su alrededor.

—De acuerdo —dijo Cat.

Pero Francesca los interceptó.

—Nick, una de las azafatas del yate te estaba buscando; parece que alguien está intentando ponerse en contacto contigo urgentemente —dijo, esbozando una sonrisa tan brillante como los diamantes que pendían de sus orejas o el collar de su cuello, también de diamantes.

—Tranquila. Ya he recibido el mensaje —respondió Nick.

—¿Malas noticias?

—Buenas no son —contestó al tiempo que rodeaba a Cat por la cintura.

—¿Quieres que te acompañe al yate? —preguntó Francesca.

—No hace falta, gracias.

—No dejéis de avisarme si puedo ayudaros en algo —dijo la anfitriona con sobriedad.

—¿Qué pasa? —preguntó Cat camino ya del yate.

—Mi ayudante personal me ha enviado un mensaje al yate —dijo Nick con serenidad—. Es del hospital de Romit. No podían localizarte, así que se pusieron en contacto conmigo. Como el mensaje era urgente, le han dado el recado de avisarme a Francesca.

—Olvidé decirles que me había mudado —susurró Cat, totalmente pálida. Porque no había pensado en otra cosa más que en vivir con Nick—. ¿Es Juana?

—Me temo que sí. Ha contraído una infección y no saben cómo curarla. Necesita que la internen en un hospital de Australia para recibir atención especializada.

Cat se mordió el labio inferior con tanta fuerza que se hizo un poco de sangre.

—Voy para allá ahora mismo. Les diré que la pongan en el siguiente avión.

—Ya lo he organizado. Debería salir de Ilid en media hora.

Cat lo miró. Estaba tan conmovida, que Nick sintió celos de la niña.

—Gracias —dijo ella, llena de gratitud.

Nick se preguntó por qué lo molestaba tanto verla así de aliviada.

Era típico de ella, pensó, abandonar aquella fiesta de alta sociedad por una niña pequeña. La había observado desenvolverse entre todas aquellas personas ricas y poderosas; había atendido a todos con interés y con los buenos modales que le habían inculcado sus padres.

Sin embargo, aunque era evidente que apreciaba todas las cosas buenas que el dinero podía comprar, no parecía muy impresionada, probablemente porque era una mujer fuerte, con voluntad, tenaz como ninguna.

De alguna manera, le había pegado su afán por hacer cuanto pudiese por aquella niña; pero quería asegurarse de que los que dirigían la clínica no estuvieran aprovechándose de las buenas intenciones de Cat.

Esta estaba sola en el mundo, razón que debía de explicar su deseo de protegerla.

Nick sonrió para sus adentros, burlándose de sí mismo. ¿A quién intentaba engañar? Aquellos últimos días le habían enseñado lo que su terca cabeza se había negado a aceptar durante años: desde el mismo instante en que le habían presentado a Cat, su vida no había vuelto a ser igual.

Cat interrumpió sus pensamientos con una pregunta:

—¿Morna está bien?

—¿Qué le has dicho? —contestó él.

—No mucho —Cat se encogió de hombros—. Me he limitado a escucharla. Es lo que se debe hacer cuando alguien te abre el corazón. Creo que ha estado tragando y tragando desde que Glen...

–La dejó tirada –completó Nick con descarnada sinceridad–. Sea lo que sea lo que hayas hecho o dejado de hacer, parece que ha funcionado. En los últimos seis años, ha sido una adicta al trabajo. Esta noche, mientras la acompañaba a su embarcación, parecía diferente, en paz incluso, como si hablar contigo la hubiese ayudado a dejar atrás a Glen de una vez por todas.

–Ojalá –murmuró Cat–. No es bueno sufrir tanto por ninguna persona. ¿Por qué no me contaste lo que Glen había hecho?

–Porque no era mi secreto.

–No me extraña que me odiaras.

–Eso no tenía nada que ver con lo que sentía por ti. Glen la traicionó... tú no –contestó Nick–. ¿Quieres tomar el primer avión para ir a ver a Juana? –le ofreció de repente.

–Te prometí que me quedaría contigo –dijo Cat–. Además, Juana no me reconocerá después de este tiempo... Estará bien mientras Rosita esté a su lado. Y las monjas habrán mandado a alguien para que cuide de las dos mientras están en Australia.

Pero Nick percibió que sí quería ir. Al llegar al yate, tomó la decisión:

–Dile a la azafata que prepare nuestras maletas. Yo me ocupo de organizar el vuelo.

¿Has traído el pasaporte?

–Sí. Pero...

–¿Qué problema tienes?

–Ninguno –Cat negó con la cabeza–. Pero me sorprende que te importe lo que yo quiero... Antes no te importaba.

La plácida y misteriosa plata de la luna iluminó los ojos de Cat, las voluptuosas curvas de su boca, la sinuosa línea de su cuello y el suave monte de sus pechos. Un fogoso deseo se apoderó de Nick.

–Siempre me ha importado –contestó con voz ronca.

Quería una playa solitaria y seis meses para estar junto a aquella mujer. Solo entonces podría dejar de anhelarla y volvería a ser el hombre que siempre había sido.

Aunque ya se había acostado con ella y no había surtido el efecto esperado. Estaba desesperado. Desde el momento en que le habían presentado a Cat, se había visto envuelto en un torbellino de emociones que escapaban a su control. Nunca había creído que se enamoraría, pero si aquello no era amor, entonces estaba obsesionado. En cualquier caso, era muy peligroso, pues ponía en peligro la independencia que tanto le había costado adquirir.

–Date prisa –la apremió– o perderemos el avión.

Capítulo 11

PERO el pequeño jet privado los estaba esperando en el aeropuerto de Auckland. Cat se desplomó sobre un lujoso asiento, agotada como si un huracán la hubiese arrastrado del glamour de la fiesta a la realidad. Una realidad en la que niños inocentes e indefensos morían porque tenían la mala suerte de nacer en el momento equivocado en el lugar equivocado.

Aunque aquello no era aún esa dura realidad.

—¿De quién es esto? —preguntó mientras el piloto despegaba.

—De Stan —respondió Nick sin extenderse.

Apenas había hablado desde aquel último asombroso comentario en la isla. Cat lo miró de perfil. ¿Qué habría querido decir? Pero no se atrevió a preguntárselo.

—Un detalle por su parte —comentó en cambio.

–Sí –dijo él, inexpresivo–. Voy a pedirle a la azafata que haga la cama en cuanto el avión tome altura. Mientras tanto, intenta relajarte. Estás muy tensa.

Cat obedeció, se recostó en el respaldo del asiento, pero no pudo dejar de pensar en Juana, mortalmente enferma, que estaría volando en esos momentos al hospital que, Dios lo quisiera, le salvara la vida.

Por fin, se convenció de que no tenía sentido alimentar sus temores y consiguió sopesar las últimas palabras de Francesca.

Su anfitriona había llegado a bordo instantes antes de salir ellos hacia Auckland.

–Buena suerte –le había dicho a Cat–. Por la niña, quiero decir. No creo que tú la necesites. Supongo que me di cuenta de que tenía la batalla perdida el día que entré en casa de Nick y vi que la había decorado a juego contigo.

Cat la había mirado perpleja y Francesca había soltado una risilla.

–No me digas que no te has dado cuenta. Tiene azules como tus ojos, toques de castaño rojizo y tonos crema como tu piel. ¿Estabais enamorados antes de que tu marido muriese?

–No.

–Pero él ya te quería.

–No –repitió Cat a su pesar. Lo único

que había entre Nick y ella era una pasión obsesiva.

—Te creo —dijo Francesca al cabo de unos segundos—. ¿Los demás no?

—Los demás no importan.

—Seguro que yo pensaría lo mismo si Nick me quisiera a mí —había respondido la otra mujer—. Y quizá si necesites algo de suerte después de todo. No creo que sea un hombre fácil de amar.

Pero en eso se equivocaba, pensó Cat mientras volaban hacia el hospital. A pesar de sus esfuerzos por no hacerlo, a Cat le había resultado muy sencillo amar a Nick.

Y el hecho de que la casa tuviera colores que le recordaban a ella no era más que una casualidad. Sí, tenía que serlo, porque la casa la había decorado un profesional.

La pequeña y luchadora Juana estaba ingresada en una pequeña sala de la unidad de medicina tropical de un gran hospital de Queensland. Reposaba su sudoroso cabello sobre una almohada y tenía los ojos cerrados e hinchados y una máscara de oxígeno cubriéndole la cara. A su lado estaba su tía, llorando. Una enfermera hizo algo con el gota a gota.

—Rosita, no llores —dijo Cat con el corazón

encogido, corriendo a fundirse en un abrazo con la joven.

–Está sudando, le ha bajado la fiebre –susurró Rosita, emocionada–. Está superando la enfermedad. ¡Me ha sonreído! Dentro de nada tendrá hambre. El médico ha dicho que estará bien en unos días. Es un milagro. Se va a poner bien –repitió como si fuese un conjuro.

–En cuanto descubrimos la bacteria que estaba atacándola, pudimos suministrarle el antibiótico adecuado –dijo la enfermera–. Ha respondido al tratamiento de maravilla.

–¡Gracias a Dios! –exclamó Cat casi sin respiración–. Rosita, este es Nick Harding. Me ha traído desde Nueva Zelanda. Nick, esta es Rosita –añadió, dirigiéndose a este en inglés.

Rosita hizo una reverencia, tal como le habían enseñado en una remota y feliz infancia antes de la guerra, y luego estiró una mano.

–¿Cómo estás? –le preguntó, agotando con eso casi todo su repertorio de inglés.

–Encantado de conocerte, Rosita –dijo él con formalidad, y le sonrió.

Rosita le devolvió una tímida y radiante sonrisa.

Otra víctima de su irresistible encanto, pensó Cat resignada. Se acercó a la cama de la niña para susurrar su nombre. Despacio,

Juana abrió los ojos; bajo la máscara de oxígeno, la niña le dedicó una sonrisita y estiró una de sus manitas.

Con los ojos vidriosos de lágrimas, Cat se agachó a darle un beso en la frente. Juana enredó los dedos en el cabello de Cat, luego retiró la mano y volvió a dormirse.

Cat se puso recta y se cruzó con los ojos de Nick, el cual estaba mirándola como si no la hubiese visto nunca, impávido. Parecía como si acabara de ver un fantasma... como si aún fuese ese pequeño niño que al volver a casa del colegio se encontró con que su mundo se había acabado.

Un ruido en la puerta anunció al doctor, y cuando Cat miró a Nick de nuevo, ya volvía a ser él mismo, sereno, seguro, al mando de la situación.

Tal vez hubieran sido imaginaciones suyas. Pero, con el paso del día, Cat notó que Nick se había refugiado tras las formidables barricadas que tan bien conocía. La intimidad de los anteriores días se había desvanecido, reemplazada por su autocontrol y fuerza de voluntad.

Más adelante, el médico les dijo que, salvo una recaída, Juana podría salir del hospital hacia el final de la semana, y preguntó si tenían pensado hacer algo en relación con las operaciones que necesitaba.

–Ya está solucionado –dijo Nick–. En cuanto se haya recuperado, la operará el doctor Geddy.

–Gran elección –contestó el médico de todo corazón.

–La señorita Courtald se quedará aquí y llevará a Rosita y a Juana a Romit cuando termine la convalecencia –prosiguió Nick, para asombro de Cat.

–Perfecto –dijo el médico.

–Gracias por organizarlo todo –le dijo Cat una vez de vuelta en el hotel en el que se habían registrado por la mañana.

–Es lo menos que podía hacer –contestó Nick con calma–. Mañana, Rosita y tú os mudaréis a un apartamento. He pensado que lo preferiríais a un hotel.

–No puedo permitirme…

–Es el que utilizo yo cuando vengo aquí –atajó él–. He puesto la mitad del dinero que te debo en la cuenta corriente que te abrí, así como una suma que debería cubrir los gastos de vuestra estancia aquí. Si necesitas más, llámame.

–Seré prudente –dijo Cat tras morderse el labio inferior.

–Ya he pagado los billetes de avión a Romit –añadió Nick en un tono que no invitaba a objeción alguna–. Ponte en contacto conmigo si pasa cualquier cosa.

–¿Cuándo te marchas? –preguntó Cat con el corazón desgarrado.

–Ahora.

«No hagas una escena», se dijo. Alzó la barbilla y hasta consiguió sonreír.

–Gracias. Debería decirte que no necesito tu dinero, pero tendré que utilizarlo. Te prometo que te lo devolveré.

–No quiero que me lo devuelvas –replicó Nick, tajante.

–Tal vez, pero lo tendrás –Cat estiró una mano y la alegró ver que no temblaba–. Entonces... buena suerte, Nick.

–Buena suerte –dijo este, tomándole la mano.

Luego tiró de ella, la estrechó entre sus brazos y la besó como si fuera lo último que fuese a hacer en su vida, como si su única oportunidad de entrar en el paraíso pasase por rozar su boca.

Cat se inflamó al instante, respondiendo con ardor a aquel apasionado beso.

Pero Nick apartó la cabeza en seguida.

–Cuídate –le dijo con voz rugosa.

Después de salir de la sala y cerrar la puerta, Cat pensó que Morna tenía razón. Nick jamás se permitiría perder el control y enamorarse de ella, nunca le daría la oportunidad de rechazarlo de nuevo.

No lloró. No durante las largas semanas

que Juana tardó en recuperarse de su enfermedad antes de ingresarla en el hospital para que la operaran. Cat descubrió que era posible llevar una vida normal y convencer a quienes la rodeaban de que estaba bien cuando su corazón estaba destrozado.

Logró alcanzar cierto equilibrio, pero cada vez que veía a un hombre alto y moreno sentía una profunda amargura. Soñaba con Nick y se despertaba sin él, pero seguía adelante porque Rosita y Juana la necesitaban.

Por fin, llegó el día de volar a Ilid. Desde el cielo se hizo evidente que la pequeña ciudad seguía asolada por la guerra, aunque había señales de reconstrucciones.

–¡Hermana Bernadette! –la saludó Cat al bajar del avión, apoyándose a Juana sobre una cadera–. ¡Habéis venido todos!, ¡qué alegría veros!

–Bienvenida –dijo la monja, sonriente.

Una multitud las rodeó, caras conocidas del pueblo donde estaba la clínica. Con lágrimas en los ojos, Cat le entregó el bebé a Rosita. En Australia había ido de compras, y habían vestido a Juana con un delicioso vestidito blanco, con calcetines y medias también blancas.

La bienvenida fue larga y bulliciosa. Juana pasó de unos brazos a otros y todos comentaron entusiasmados lo guapa y sana que estaba, hasta que la hermana Bernadette tomó las riendas del rebaño:

—Venga, recogeremos unas mercancías que tenemos pendientes y nos iremos a casa.

—¡Tenéis otro camión! —exclamó Cat. Una mina había acabado con el anterior justo antes de marcharse ella de Romit. Este era más grande y estaba más nuevo—. ¡Qué lujo!

—Nos hace mejor servicio que la anterior tartana —dijo la hermana Bernadette—. Me alegra que te guste, porque lo hemos comprado con parte de tu dinero. Rosita, Juana y tú sentaos delante, conmigo. Y todos los demás, atrás. ¡No saquéis los brazos!

Cat tenía pensado quedarse una semana, aunque sabía que solo estaba posponiendo su regreso a Nueva Zelanda... a la realidad. Tenía que encontrar un trabajo y un sitio donde vivir; tenía que construirse una vida... una vida, definitiva e irrevocablemente, sin Nick.

Habían estado en contacto, pero apenas habían intercambiado un par de palabras formales en cada conversación. Una vez regresara, cortaría del todo aquella relación. No podría soportar seguir prolongando aquel purgatorio.

Mediada la semana, mientras paseaba por el parque de la clínica y saludaba a un grupo de niños que estaban jugando a la sombra de un árbol, oyó que la llamaban:

–Cat.

Al principio creyó que estaba alucinando. El corazón se le aceleró, absurdamente esperanzado. Se giró y, en efecto, vio a Nick acercándose a ella junto a la hermana Bernadette. Si se trataba de una alucinación, no solo era acústica.

–¿Qué haces aquí? –preguntó ella con voz trémula.

–Ha venido a inspeccionarnos –dijo la hermana Bernadette.

Cat miró la expresión divertida de la monja. Luego se fijó en Nick, que parecía haber adelgazado.

–¿A inspeccionarnos? –repitió, devolviendo la atención a la hermana Bernadette.

–Quería asegurarse de que no éramos una institución satánica que te estaba desangrando.

–Nick, ¿has hecho lo que...?

–Me alegra que así haya sido –interrumpió la monja–. Tienes un corazón demasiado grande. Necesitas un hombre sensato que vele por tus intereses. Ahora, si me disculpáis, tengo que trabajar, y sé que tenéis mucho de que hablar, así que os dejo.

Cat apenas notó su marcha. Una mezcla de ira y placer la consumía y, al mismo tiempo, le devolvía a la vida.

—No tenías derecho a espiarlas —dijo enojada.

—¿Es que siempre vamos a estar peleándonos? —preguntó él, enarcando las cejas—. Sí, lo más probable. Yo haré lo que crea conveniente y tú te opondrás.

—¿De qué estás hablando?

—¿Me has echado de menos? —contestó Nick. Al ver que guardaba silenció, prosiguió—. Espero que sí, porque yo te he echado mucho de menos... Ha sido insoportable, Cat. No he pegado ojo en todas estas noches y, durante el día, lo único que me aliviaba era saber que no tardaría en volver a verte.

Le tembló la boca. Puso una mano en la barandilla de la terraza que daba al jardín.

—No lo intentes. No puedo... no quiero volver a pasar por eso.

—¿Por qué no?

—¡Porque no soy masoquista! —espetó Cat.

Nick soltó una risotada. Luego, la miró a los ojos lleno de humildad.

—Hace años, Glen me dijo que era de tontos apostar todo a una sola carta. Es verdad, pero en lo que a ti respecta, acabo de hacerlo. Estas últimas semanas han sido un infierno, porque la vida sin ti es un desierto —Nick le acarició el labio inferior con el dedo pulgar—. Tengo que saber si tú también te has sentido vacía.

–Por supuesto que sí –respondió Cat con calma–. Pero eso no es suficiente, ¿no? Tú nunca me perdonarás haberme deseado mientras pertenecía a Glen.

–Nunca le perteneciste –Nick retiró la mano y desvió la mirada–. Pero, durante todos estos años, traté de convencerme de que reaccioné con tanta intensidad a ti porque me sentía culpable.

–Yo sí que me sentía culpable, no te quepa duda.

Nick apoyó las manos en la barandilla.

–Siempre supe que podía tenerte; que si te hacía el amor, cancelarías la boda –dijo con arrogancia–. Me dije que no me acosté contigo por lealtad a Glen... y era verdad en parte, pero no toda la verdad.

–¿Y cuál es toda la verdad? –preguntó Cat tras tragar saliva.

–No tiene lógica, pero incluso aquella primera vez que nos vimos supe que eras mi otra mitad, la única mujer del mundo que estaba hecha para mí, la razón por la que había nacido.

–Si me hubieras dicho eso cuando me pediste que cancelara la boda, lo habría hecho casi seguro –susurró Cat, sin atreverse a dejar crecer el rayo de esperanza que asomaba a su corazón.

–Por eso no te lo dije: porque tú creías

que querías a Glen —contestó él tras soltar una ácida risotada—. Y porque no podía ofrecerte nada para sustituirlo. No estabas preparada para casarte con nadie todavía. Eras demasiado joven.

—Me conocías mejor que yo a mí misma —dijo Cat con tristeza.

—Ninguno de los dos nos conocíamos bien —respondió él—. Yo siempre he desconfiado de los sentimientos y me he enorgullecido de mi capacidad de discernimiento. Hace seis años, lo último que habría reconocido es que me sentía unido por algún místico vínculo a una chica a la que acababan de presentarme. Y he seguido sin admitirlo hasta hace una semana o algo así, cuando Morna me dijo que en realidad nunca había superado lo que hizo mi madre... Me dijo que te había contado lo de la repentina salida de mi vida que eligió mi madre.

—Me puso enferma —dijo furiosa.

—¡Mi preciosa fierecilla! —Nick giró la cabeza para mirarla y sonrió—. No fue la primera vez que Morna me acusaba de estar ciego en lo que respecta a las mujeres, pero esta vez dio en el clavo. Supongo que siempre he medido a las mujeres por mi madre; no de un modo consciente, pero, haciendo un poco de introspección, me he dado cuenta de que te he estado viendo a través de un espejo deformante.

—Es comprensible —dijo ella con serenidad.

—A mí no me lo parece. Debería haber visto que tú no eres como mi madre en absoluto; por contra, cuando viniste a pedirme ayuda, te puse a prueba sometiéndote a esa degradante proposición, y cuando aceptaste, me pregunté si querías otro marido que te protegiera.

—¿En serio? —preguntó Cat en tono ominoso.

—Sí —confesó Nick—. Pero convivir contigo fue un infierno. No tardé en comprender que no eras una cazafortunas, y cuando no dudaste en dejar la fiesta para ir junto a una niña de la que te sentías responsable, supe que me había equivocado al juzgarte. Entonces supe que no me atreví a pedirte que te quedaras conmigo antes de casarte con Glen, porque tenía miedo de que me rechazaras.

—¡Nick! —susurró Cat, deseando poder borrar aquel dolor tan profundo.

—Es asombroso lo ciego que fui. Aunque te besé enfadado, deseé que dejaras a Glen. Pero seguiste adelante y os casasteis.

—Fue justo el día antes de la boda. ¡Había trescientas personas invitadas! —dijo Cat, conmovida por el tono de voz de Nick—. Sé que suena estúpido, pero entonces no me sentí capaz de hacer algo así. Todos habrían querido saber por qué, y no tenía ninguna razón. Un beso no es razón suficiente para cancelar una vida y causar tanta infelicidad. Los últimos cuatro años de vida de mi madre fueron serenos porque me casé con Glen.

–Y eso lo compensa todo, ¿no? –replicó Nick con sarcasmo–. En otras palabras, te decantaste por sentirte segura.

El sol estaba a punto de ponerse. Sus rayos iluminaban el rostro de Nick, bronceado como la estatua de un dios de una era antigua, implacable, exigente, intolerante.

–Sí. Era una chiquilla, nunca me había enamorado de nadie y tú entraste en mi vida con tal violencia que me asustaste –respondió Cat–. ¡Claro que pensé que con Glen estaba más segura! Creía que lo quería… Estaba segura de que mi reacción a ti era algo anormal, porque sé que el amor a primera vista es un mito y no te conocía de nada.

–Escucharte pronunciar tus votos en la iglesia me dio el impulso definitivo para desmarcarme de la vida que Glen me había planeado. Decidí que me haría rico para poder restregártelo por la cara –dijo él–. Aunque en realidad, quería rendirme a tus pies. Esperaba que te echaras atrás en el último segundo, para no ser yo quien traicionase a Glen; pero solo la forma de mirarte y desearte ya era una traición. Y tú eras demasiado joven, no estabas preparada para la pasión que yo sentía.

–Hace seis años tú tampoco eras tan mayor, Nick –comentó Cat, lamentando los años desperdiciados, penosamente consciente de que aún no había dicho una palabra de amor.

–Lo suficiente como para entender que lo que había sucedido entre nosotros era especial –respondió él–. Después, hice todo lo posible por superar lo que decidí que no era más que una obsesión insana. Me acosté con muchas mujeres para intentar olvidarte y fui tan tonto que me creí que lo había conseguido... pero en cuanto entraste en mi despacho exigiéndome ese dinero...

–¡No te lo exigí!

–Me desafiaste... y me di cuenta de que todo lo que había hecho por expulsarte de mi corazón había sido inútil; que había estado esperando a que volvieras. Quise retenerte, aunque seguía negándome a aceptar que fuera algo más que una pasión desaforada –Nick esbozó una sonrisa tensa–. Hasta compré el cuadro de mi despacho porque la mujer que aparece tiene el cabello y la piel de tu mismo color.

Los gritos alborozados de los niños sonaban de fondo en el parque, el viento soplaba con suavidad.

¿Le estaba diciendo que sentía por ella algo más que una pasión desaforada? Cat tragó saliva.

—Así que decidí que esta era mi oportunidad de saciar mi hambre de una vez para siempre. Creía que estaba siendo muy frío... estaba dispuesto a utilizar tu deseo de ayudar a Juana para poseerte y librarme de ti —Nick apoyó la espalda sobre la barandilla—. No estoy orgulloso de mí mismo. Me merezco que me haya salido todo al revés.

Cat lo miró con incertidumbre.

—¿Al revés?

—Traerte a mi casa me hizo darme cuenta de que eres mucho más que una oportunista superficial. En un abrir y cerrar de ojos, te ganaste el favor de la señora Hannay, y Rob te mimaba como si fueras su hija... ¡hasta le caíste bien a Francesca! Y en vez de aliviar mi deseo, la llama crecía sin parar. Así que te hice el amor, y me respondiste con tal entrega y generosidad que me hizo retroceder.

—Debo de haber sido muy transparente —Cat se ruborizó.

—Yo no diría eso —respondió con tono irónico—. Después de hacerte el amor, te miré mientras dormías y supe que no era suficiente. Necesité oírte decir que me querías... y me morí de miedo. Porque yo no quería quererte.

–¿Por qué? –preguntó Cat con el corazón desbocado, incapaz de pensar ni respirar apenas.

–Tú no eres como mi madre, y para entonces ya lo sabía; pero eso no me impidió asegurarme de desvanecer cualquier esperanza que hubieras podido concebir después de hacer el amor.

Cat se sentó en el saliente de la terraza y se abrazó las piernas.

–No es extraño que un abandono tan cruel y perverso te haya marcado.

–No sabía que lo hubiera hecho. Lo siento –dijo con total sinceridad.

–No pasa nada, tranquilo.

Nick guardó silencio unos segundos.

–En el hospital, te agachaste sobre Juana con lágrimas en los ojos, y por fin comprendí que jamás podría sacarte de mi corazón. Supe que te quería, y que quería que tú me quisieses. Pero justo después me di cuenta de que no tenía nada que ofrecerte, nada que quisieras de mí, aparte del sexo.

–Para ser un hombre tan inteligente, a veces puedes ser de lo más tonto –dijo ella llena de cariño, al tiempo que se levantaba y se acercaba a él–. ¿Y no se te ocurrió pensar que podría querer tu amor?

–Nunca pensé que mi amor pudiera importarte –contestó él sin atreverse a moverse.

–No te culpes, Nick, porque hasta que no fui a vivir a tu casa yo tampoco me di cuenta de que te he amado todos estos años, te he deseado, te he...

Nick acalló sus palabras con un beso, al principio controlado.

Pero cuando Cat se puso de puntillas y separó los labios, la pasión fue aumentando y aumentando hasta que Nick separó la boca y dijo:

–Pídeme que pare.

–¿Por qué?

–Porque no quiero asustarte.

–No puedes hacerlo –contestó Cat en tono provocador y coqueto–. ¿No te lo demostré cuando hicimos el amor? Creo que siempre has pensado en mí como la chiquilla de dieciocho años que te rechazó. Pero ya soy una mujer, Nick. Lo único que puedes hacer para asustarme sería abandonarme.

–No lo haré nunca –le prometió.

Cat sabía que debía disfrutar de ese momento de felicidad, pero tenía una pregunta pendiente:

–¿Y Glen?, ¿va a seguir acechándonos su sombra el resto de nuestras vidas?

–No –contestó Nick–. Creo que ya me he atormentado suficiente. Desear haberme comportado de otra forma, o que él lo hubiese hecho, es una pérdida de tiempo y de energía. Tenía sus defectos, pero me dio mi primera oportunidad. Y ninguno de los dos hicimos nada por traicionarlo mientras estuvo vivo. Fuiste una buena esposa para él. ¿Estás de acuerdo?

–Sí –dijo Cat–. Cuando Morna me contó lo cruel que había sido con ella, fui capaz de ser mucho más objetiva con él, de verlo no solo como el hombre con el que me casé cuando estaba enamorada de ti... como a una víctima.

–Al final tuvo remordimientos. Le dejó dinero suficiente para hacerse un sitio en el mundo de la joyería. Creo que se dio cuenta de lo que le había hecho cuando ya iba a morirse. Y ahora, mi vida, ha logrado superar su amargura. No sé qué le dijiste...

–Nada. Solo la dejé hablar. ¡Me sentía impotente!

Nick rió suavemente y la estrechó entre los brazos.

–Quizá solo necesitaba sacarse el veneno. Igual que nosotros.

Un movimiento en la terraza los hizo separarse.

Había anochecido, pero, al parecer, la

hermana Bernadette podía ver en la oscuridad, porque dijo con gran alegría:

–Así que habéis arreglado vuestras diferencias.

–Creo que sí –dijo Nick–. ¿Podemos casarnos aquí, hermana?

–A los ojos de Dios, sin duda. Aunque no sé si será legal a los ojos del hombre. Puede que tengáis que celebrar otra ceremonia en Nueva Zelanda.

–Si no es legal, podemos hacerlo otra vez en Nueva Zelanda –dijo Nick, sonriente–. Pero creo que a Cat le gustaría casarse aquí, entre sus amigos.

Nick tomó una mano de Cat, la cual se recostó sobre su pecho henchida de felicidad.

–Mucho –susurró emocionada–. Juana puede ser una dama de honor –decidió.

Engalanada con un vestido exquisito, portando un ramillete de flores, Juana los acompañó al altar de la vieja iglesia, mirando con los ojos bien abiertos la ceremonia. Rosita y los demás nativos habían vestido a Cat con prendas de novia autóctonas: seda azul y púrpura, una diadema escarlata y orquídeas color crema, sin importarles lo más mínimo que los colores desentonaran con su cabello. Nick había sacado el anillo de tanzanita y el collar de perlas, así como los anillos de boda de los dos, y allí, con Stephanie y Adam Cowdray entre los devotos asistentes, el sacerdote los casó.

–Y el matrimonio es legal en Nueva Zelanda –le dijo Nick después, en una casa en Fala'isi, una isla del sur del Pacífico a miles de kilómetros de la asolada Romit–. Aunque tampoco importa tanto: yo me siento casado contigo desde que hicimos el amor. Si no hubiese estado ciego, me habría dado cuenta entonces de que te quería, y habría dejado de resistirme.

–¡Qué tontos hemos sido! –dijo Cat con languidez–. ¿Estamos en otra de tus casas?

–No, es de Stan Barrington, y eso es una playa privada –contestó Nick–. Podemos quedarnos todo el tiempo que queramos. Según Stan, Francesca está ocupada negándose a enamorarse de un hombre que la está cortejando. Él cree que por fin ha encontrado su pareja ideal.

–Me alegro mucho –dijo Cat, esbozando una sonrisa que encerraba cierto alivio–. Te quiero tanto, amor mío.

Nick le agarró una mano y le besó la palma; luego cada uno de los dedos.

–Yo también te quiero –contestó Nick desde el fondo de su corazón–. Tanto que siempre podré decirte... para siempre jamás.